科学者が和歌をよむ

あれこれ好奇心で

広島大学名誉教授 杉山政則【著】

溪水社

はじめに

好奇心は科学者の心の源泉である。「数学は定理を憶えればいいんだよ」と教師から言われて以来、数学を好きにはなれなかった。そして、将来、どのような道を行くべきか自問自答していた時期があるが科学者か技術者にはなりたいと思った。そして、以下のことが動機となって、我が道を決めた。

一九六五年から一九七四年にわたり、日本は高度経済成長期を迎えて、実質経済成長率は一〇％を超えていた。そのころは、我が国の石油エネルギーの需要も拡大傾向にあった。一九六五年から一九七四年までの一〇年間で日本経済は二倍になり、一九五五年当時と比較すると、実に七倍にまで拡大していた。反面、この高度経済成長の時期と同調して、大気汚染、河川の水質汚濁、自然破壊などの問題が顕在化し、当該地域で健康問題が深刻さを増していった。一九六八年、「イタイイタイ病」の原因は、三井金属鉱業（株）の排水によるものとする調査結果が発表された。さらに、熊本県水俣湾周辺で起きた「水俣病」問題は、チッソ（株）

や昭和電工（株）の工場排水が原因であると報告され、健康被害は企業が関わる公害であることが明確となった。その結果、社会における経済成長と環境保全を二者択一の問題と捉え、「工業界発展のためとは言え、ヒトを病気にする公害問題は絶対に許さない」との世論が急速に高まっていった。

当時、「大学で何を学ぶか」を真剣に考えていた私は、自然環境を破壊する可能性のある「石油化学や応用化学」より、微生物の助けを借りてヒトの健康維持に寄与する可能性の高い「醗酵工学」を選んだ。爾来、「ヒトの運命にはそれなりの理由がある」と感じている。そして、私は今も「微生物の利活用による創薬開発」に注力している。そして、現役の研究者として過ごしている。ちなみに、創薬のターゲットは、難治性疾患である「潰瘍性腸疾患」の予防薬と治療薬の開発である。

科学者は「パラダイムシフト」を起こそうと努力しない限り、時流に流されてマンネリ化し、最後には埋没してゆく。私の心構えは「知りたいことは一日でも早く」であり、「基礎研究の成果を実用化して社会に貢献するべき」と目標を設定している。

本書のなかで後述するように、心の癒しを求めて「和歌」を勉強しようと決めた。何にでも好奇心を持ってしまう私は「ノーベル文学賞」の受賞対象を以下のように考えている。一言で言えば、単なる「心に癒しを与える小説など」に与えられる賞ではなく、「まったく新しい視点と概念、及び人間の多様性を読者に発見させ、それによって人類をより理想に近づけた作品」に対して贈られる賞であると感じている。これまでにノーベル文学賞を受賞した日本人は川端康成と大江健三郎だけである。川端の授与理由は「日本人の心の精髄を優れた感受性で表現する、その物語の巧みさ」とされている。一方、大江健三郎の授与理由は「詩的な言語を使って、現実と神話の入り混じる世界を創造し、窮地にある現代人の姿を、見るものを当惑させるような絵図に描いた」とされている。

さて、物理学者の寺田寅彦と分子生物学者の永田和宏（朝日歌壇の選者）は日本でも有名な歌人である。短歌を勉強し始めたころ、理屈抜きに俵万智の詠む短歌が好きになった。彼女の作品は**リズム感ある口語調が中心で、親しみやすく、初心者の私にはとても解りやすい**。事実、彼女の歌和はわが心にスッとはまった。加えて、会話をそのまま用いているので、テレビドラマを見ているかのような感覚で読める。**「嫁さんになれよ」だなんてカンチューハイ二本で言ってしまっていいの」という短歌は、万智さんの初期の作品だ。一方、「あまのはら　冷ゆら**

むときに　**おのづから　ざくろは割れて　そのくれなゐよ」は**上品な言葉の流れが美しい。これは**斎藤茂吉**の詠んだ短歌である。茂吉は、小説「野菊の墓」を執筆した「伊藤左千夫」の門下生となり、大正から昭和前期にかけて活躍したアララギ派の中心的存在の歌人で、精神科の医師でもあった。和歌の創作に挑戦すればするほど生みの苦しみに出合うだろう。そうならば好奇心を持って困難に立ち向かい、それを喜びに変える人生にしたい。

和歌を理解するには平安時代に遡る必要がある。この時代はそれなりにのんびりした時代だったようで、貴族や庶民は恋愛も自由だった。当時の男性は漢字を常用したが、文字の読み書きができるのは、貴族や僧侶などの階層に限られていた。恋愛にしても、互いの意思を伝えるには女性も文字を読み書きできないと不便で、それがひらがな文字の発明に繋がった。当時、貴族階級の女性たちの間には和歌が流行した。それを記録するためにひらがなを使用し、秘め事を書いた。女性は男性たちに先んじて文学活動を行った。日本語にとって、ひらがなの発明は画期的なことだったと言えよう。恋文を毎日書くことで文章力が高まり、世界にも名の知れた『源氏物語』などの女流文学が生まれた。『源氏物語』は全五四巻からなる長編小説で紫式部が執筆した。

『源氏物語』には七九五首の和歌が収載されている。例えば、「物思ふに　立ち舞ふべくも　あらぬ身の　袖うちふりし　心知りきや」。これを意訳すると、「あなたを想い、立って舞うこともできそうにない私の心をご存知でしょうか。あなたへと振る袖の心を知らないわけではないでしょう」となる。

漢詩や日本の「和歌」、すなわち「やまとうた」は、音節の数と句数とその配列順序が一定なので「定型詩」と呼ぶが、「和歌が漢詩の音声や韻律をそのまま真似して生まれた詩とは言えない」と主張する人もいる。なぜなら、この「漢詩影響説」では、漢詩の「文字数（音節数）は参考にするが、肝心の「音声」は無視されているからである。いずれにしても、日本の和歌や漢詩の「絶句」と「律詩」、イタリアやフランスの「ソネット」なども定型詩である。ちなみに、十四行からなる詩をソネット（sonnet）と呼ぶ。

ピエール・ド・ロンサールは、ルネサンス期に活躍したフランス人で、フランス文学作品のなかにソネットを加えた詩人である。ロンサールとその一派の詩人たちは、古い定型詩を否定して自由なスタイルの詩を重んじたが、唯一ソネットについては否定しなかった。ロンサールのソネットはイタリアから取り入れた詩で、彼はその詩にフランス語の特性を盛り込んで、フランス版ソネットを創出した。すなわち、ロンサールに近い詩人たちは、古臭い定型詩を否定して自由なスタイルの詩を重んじたが、唯一ソネットに関しては尊重したのである。

周知の通り、「短歌」、「俳句」、「川柳」などは日本が世界に誇る定型詩文学である。短歌や俳句などは詠む目的が同じで、いずれも、悲しみや喜びなどの情感、自分が眺めた情景とそれを見て感じたこと、雷鳴や激しい雨などの自然現象を言葉にして伝える道具でもある。短歌には、家族愛や恋人への恋心、自分の周囲のできごとなどを詠んだものが多い。四季の移り変わりや自然を詠んだ短歌は俳句と同じくらい多い。川柳は普段使う言葉で、見たり、聞いたり、感じたり、訴えたいこと、願望などを言葉に託して自分の気持ちを詠む道具だ。特に川柳は、人の振る舞いや社会のできごとを皮肉たっぷり、ユーモアたっぷりに詠む。例えば、「作文も　ちゃチャット済ます　GPT」が二〇二三年のサラリーマン川柳コンテストの優秀作品に選ばれた（ペンネーム：かしれりばーば）。私も負けずに「ヤミ献金　議員生命　闇に消え」と「突然の　新型コロナ　消え返る」と詠んでみた。

現在、歌人として著名な馬場あき子は朝日新聞歌壇の選者をされている。彼女が詠んだ「夜半さめて　見れば夜半さえ　しらじらと　桜散りおり　とどまらざらん」はNHK　Eテレの究極の短歌五十選に選ばれている。一方、歌集『サラダ記念日』を出版し、彗星のごとく現れた俵万智も有名だ。彼女の詠んだ「寒いねと　話しかければ　寒いねと　答える人の　いるあたたかさ」は口語調で楽しく読める。この作品の意味は誰でもわかるし、同時に矛盾したおかしさがあり、ほんわかした気持ちを読者に届けてくれる。『サラダ記念日』は一九八七年に出版された。それをきっかけに、口語調でわかりやすく詠む短歌の誕生を導いてくれたほか、若い層の短歌の詠み人を確実に増してくれた。ちょうどそのころ、私はパリにあるパストゥール研究所で仕事をしていたので、当時、日本の俵万智ブームについてはまったく知らなかった。それから四十年近く経ち、あることがきっかけで、研究者特有の好奇心が短歌を意識させ、勉強してみようと決め、最近は短歌の創作に喜びを感じている。

ところで、科学者で短歌を詠む歌人はそれなりにいる。しかし、俳句の詠み人は確実に少ない。思いつくままに科学者で短歌の詠み人を挙げると、石原純（理論物理学）・湯川秀樹（物理学）・湯浅年子（物理学）・永田和宏（細胞生物学）などである。一方、俳句派は有馬朗人と寺田寅彦の二人しか思い当たらない。物理学者の寺田が著した「俳句の精神」という作品（『寺田寅彦随筆集　第五巻』岩波文庫）のなかで、短歌派と俳句派ではどのような点が違うのか述べている。彼の意見を意訳すると、歌人と俳人とでは先天的に体質、従ってそれによって支配される精神的素質がちがっているのではないかと想像している。科学的に表現すると、体内各種のホルモンの分泌のバランスが俳人と和歌を詠む人とを決定するのではないか。これは生理学者の研究課題になりうるかも知れない。

私は微生物学と微生物を利用した予防医学を研究領域としている。科学には誰が試みても再現性があり、原因と結果の因果関係がはっきりしている。しかしながら、人並み以上の好奇心から、最近は、俳句と短歌および川柳などにも興味を持ち始めた。これらの和歌の解釈は詠み人と読み手の間で一致しないのかも知れず、おもしろい。本書で後述するように、私が創作した短歌や川柳なども紹介するが専門家の意見では、批判されるに違いない

ところで、俳句は短歌と違って季語を含む十七文字で表現するので、現在の私には短歌より俳句を詠むことの方が難しい。短歌は短歌としての魅力がある。特に、現代短歌は、自由な文体が魅力で、比較的親しみやすいものである。現代短

歌は、百人一首のように四季の美しさが主な題材になっているものもあるが、現代ならではの風習や事象、詠み人の想いが掘り下げられている作品がおもしろい。加えて、現代短歌は今まで気づかなかった視点や意識していなかった観点が言語化されている。それが読む人の共感を呼び、感動を味わえることが大きな魅力となっている。

目次

科学者があれこれ好奇心で和歌をよむ

序　文

わが父（杉山順一郎）は、小学生のときに担任から「君の詠んだ俳句はよくできている。」と褒められたという。以来、父は俳句を詠むことを楽しんできた。終戦後、会社員となってからは積極的に市民文芸誌や朝日新聞の俳壇・歌壇に投稿し、掲載されたときには「読んでみなさい。」と私に見せてくれた。一九八九年に始まった緑茶メーカー主催の俳句コンテストに応募して、ペットボトルのパッケージに父の俳句が印刷されたことがあり、喜んでいた。会社を定年退職してからは故郷で句会を主宰していた。母も和歌を父に見習って勉強していたようだ。

その息子（私）は広島大学工学部醗酵工学科を卒業後、同大学院工学研究科に進学した。分子生物学を学びたいと教授（能美良作）に相談したところ、能美教授は広島大学原爆放射能医学研究所（現　広島大学原爆放射線医科学研究所）の大澤省三教授に掛け合って下さり、「大澤研究室でじっくり勉強してきなさい。」

と私の背中を押してくれた。偶然同じ時期に理学研究科から大澤研究室で実験手技を習うために来ていた院生がいた。小林英紀君だ。文学にも精通していた彼とはとても気が合った。あるとき、彼に父の詠んだ歌を読んでもらったところ、「君のお父さんは情熱家だね。」と言った。私の父は寡黙な人で、喜怒哀楽をあまり外に出すことはなかった。今考えると、父は心の苦しさや希望や夢を俳句に込めて外に解き放していたに違いない。そんな父は今この世にいない（享年九一歳）。生前、父の詠んだ「咲き満ちて　富士をさえぎる　櫻かな」と「水澄めり　母子の茶碗　重なりて」をここに紹介する。この季語は「水澄めり」であるが、「学び舎に鼓笛の調べ水澄めり」が俳人の深澤碧水により詠まれていたのを後から知った。私は、在りし日の父に想いを込めて、「故郷の　星降る夜を　思い出す父にせがんだ　望遠鏡」と「文芸誌に　父の名前を　見つけたよ　情熱的な　俳句だった」と詠んだ。

第一章　生きる目的・人生のめざすもの

自然を愛し、月と花に関する歌を多く詠んだことから「月と花の歌人」と呼ばれる人がいた。千百十八年に生まれた西行である。彼は平安時代末期から鎌倉時代初期に活躍した歌人であり、鳥羽上皇に仕えた武士であったが、二三歳で出家して僧侶になった。当初は都の周辺で僧侶の修行をしていたが、しばしば、吉野、奈良、大阪、熊野などを旅していた。三十歳になると東北地方へ、五十代には四国への長い旅をした。旅を繰り返しながら、生涯を通じて二千首を超える短歌を詠んだ。死後に撰集された『新古今和歌集』には西行が詠んだ九四首の歌が選ばれている。この歌集のなかで最も多く収載されているのが西行の和歌である。

現代は何を信じて生きれば良いのかわからないほど混沌とした時代であるが、西行の生きた時代は源氏と平氏が戦い、末法思想に覆われた不安な時代であった。

そうしたなか、西行は和歌だけではなく、彼の生きざまそのものが多くの人々を引きつけた。人間は常に変わらないものを求めながら生きようとするが、絶えず裏切られる。それが「無常である」ということ。人生は無常であるとの想いは、西行の心の底を流れている主張であり、それを詩（うた）として詠んでいた。例えば、「**願はくは　花の下にて　春死なむ　そのきさらぎの　望月のころ**」と西行は詠んだ。歳老いた西行は「咲き誇る桜の花を見ながら死にたい」と願っていたのかも知れない。

無常というものは、昔も今も厳然としてある。僧侶の西行は陸奥（みちのく）から中国・四国まで、旅の体験を通して自然と心境とを詠み、独自の詠風を築いた。無常とは、仏教用語ですべてのものが一定ではなく、絶えず変化するという教えである。この考え方は私たちの周りの物理的な世界だけでなく、自分自身の内面にも適用される。無常観とは、私たちの感情、思考、さらには身体的な状態までもが常に流動的であることを認識することである。

西行は「**心なき　身にもあはれは　知られけり　鴫（しぎ）立つ沢の　秋の夕暮**」と詠んだ。この歌は、「出家の身であっても、ものの哀れは知っている。だからこそ、鴫の飛び立つ沢の夕暮れを感ずることはできる」といった意味であろう。飛び立つ鴫の姿を見て、人生は無常なりとしみじみ感じたことを詩にした。この歌は、秋の夕暮れのように物悲しい季節になると、とても寂しい気持ちになる。平安朝の時代背景を映した歌として、さらに言えば、「人生は無常であり、世の中も無常」だとする心を詠んだ歌として、多くの人々の共感を生んだ。

『方丈記』は鎌倉時代に書かれた随筆で、『枕草子』や『徒然草』と並んで、三大随筆のひとつと言われている。鴨長明の書いた『方丈記』には、無常観が徹底して貫かれている。その一節を以下に紹介する。

「ゆく河の流れは絶えずして、しかももとの水にあらず。淀みに浮かぶうたかたは、かつ消えかつ結びて、久しくとどまりたるためしなし。世の中にある人とすみかと、またかくのごとし」。意訳すると、川の流れは絶えることはなく、それでいて、そこを流れる水は、元の水ではない。川の澱みに浮かぶ水の泡は、一方では消え、一方では現れて、そのまま長く留まっている例はない。世の中に生きている人とその人たちの住処も、ちょうどこの川の流れや水の泡のようなものである。鴨長明は、この『方丈記』のなかで、「人生とは何か」、「生きる意味は何か」を自身に問いかけたのだった。

作家の五木寛之氏は、「私はこの世に生を受けたが、何のために生まれたのかわからない。しかし、目的の無い人生は寂しいし、虚しいものである。人生の目的を見つけることが人生の目的である。」と、彼の随筆集「人生の目的」(幻冬舎文庫)のなかで述べている。現代も平和を願いながらもウクライナとロシアとの戦争や地震や洪水などの自然災害の絶えない時代である。

「常に周囲への感謝の気持ちと信じあえる仲間を持つこと」と社員に向けて述べていた稲森和夫氏は、京セラの創業者であり、経営破綻に陥った日本航空をわずか二年八ヶ月で再上場に導いた経営者でもあった。加えて、「人生で大切なことは、一つにはどんな環境にあろうとも一生懸命に生きること、もう一つは、周囲の人たちを幸せにしたいという意識を常に持って生きていくことです」と述べている。わが母は、私が小学生のころから、いつも「偉い人より、ありがたいと思われる人になれ」と、教育してきた。ここで短歌を一句。「世のために　人のためにと　動くべき　それが母から　受けた教育」。

春は新しい生命が誕生する季節。桜がモチーフとなって詠われることはかなり多い。桜の花の美しさと散りゆくときの儚(はかな)さは、人生の美しさと儚さを象徴する季節感を持っているので、散り落ちる桜の花は和歌によく登場する。

「**世の中に　たえて桜の　なかりせば　春の心は　のどけからまし**」と、歌人在原業平は詠んだ。近代以降では、与謝野晶子の「**清水へ　祇園をよぎる　桜月夜　今宵逢ふ人　みな美しき**」が有名だ。また、持統天皇が詠んだ「**春過ぎて夏来にけらし　白妙の　衣干すてふ　天の香具山**」というように、季節の移り変わりを感じさせる表現も古典和歌に用いられている。春が過ぎて、いつの間にか夏が来たらしい。夏になると白妙の布を干すと語りつがれている天の香具山に、真っ白な衣が干されていることだ。

夏には蝉（せみ）の鳴き声が日本の風情に欠かせない。「**閑さや　岩にしみ入る　蝉の声**」は、蝉の鳴き声を通じて夏の暑さと静寂感を表現している。この俳句は松尾芭蕉が詠んだ。秋は、落ち葉や紅葉を通じて感傷的な美しさを表現する季節。小林一茶の「**日の暮の　背中淋しき　紅葉哉**」は、過ぎ去りしものへの哀愁が感じられ、季節の移ろいに対する深い感慨に浸ることができる。

与謝蕪村の「**寒月や　門なき寺の　天高し**」は、冬の訪れとともに深々とした静けさと落ち着きを感ずる。冬の短歌では、「**雪降れば　木毎に花ぞ　咲きにける　いづれを梅と　わきて折らまし**」と紀友則が詠んでいる。意味としては、雪が降ると、どの木にも花が咲いているように見える、どれを梅の花と見分けて折ったら良いのだろうか。

このように、俳句や短歌に込められた季節の表現は、単なる自然の描写に留まらず、人間の心理や感情、生と死の深い洞察を含んでいる。これらの定型詩は、自然との対話を通じて、季節の変化やその季節に見出される美しさを大切にする心が日本人に根づいている証拠だ。すなわち、短歌や俳句は、日本の四季とともに人々の生活や心に寄り添っている。しかも、時空を超えて受け継がれていると感ずる感覚を歌に詠む。そんな和歌の定型詩に込められた表現を通じて、日本の四季の美しさを再認識することができる。

人生の目的は人それぞれ違っている。科学者の目的は何かと尋ねられると、研究すること自体を目的にする人、インパクトファクターのできるだけ高い国際学術雑誌に掲載される研究をして名を残したいと願う人もいる。科学の目的はあくまで真理の探求なので、課題を決めて実験すれば良いと考える人もいる。ある科学者の進めた研究がもたらした新発見により、それ迄の科学的認識や原理に対する価値が変化することがずっと繰返されてきた。これを科学哲学用語で、「パラダイム」がシフトした、あるいは、「パラダイムシフト」が起きたと表現する。

少なくとも歴史に残る大発見でなくとも、日々進めている研究で、つい数年前まで認められていた説がいつのまにか消えてなくなる「パラダイムシフト」を起こしたいと願う私である。

一方、十七世紀のフランスに、近代哲学の創始者であり、数学者でもあったデカルトがいた。彼が成し遂げようとしたことは、数学を基礎にした自然科学が信頼できるものだと証明することであった。しかし、その時代はキリスト教的思想が支配していたので、科学はどちらかというと「異端児」的な扱いを受けていた。そこで科学は「正しい」と言う代わりに、本当に正しいものを探し出すための方法をデカルトは考えることにした。とにかく、すべて疑ってみようと考えたのだった。これがデカルトの「方法論的懐疑」と呼ばれている。人間は経験的に自分が見たものは正しいと思いがちであるが、見る場所によって見え方は変わるし、錯覚もあって、必ずしも自分が見たものが誰にとっても正しいとは限らない。同様に、「自分が経験しているこの現実はどうなのか」とデカルトは自問した。そして、自分の経験したことが、もしかすると「夢なのだ」という可能性も必ずしも否定できないと考えた。確かに現実は小説を読んだときの感覚とは違う。そして最後には、数式や科学の法則は疑いようのないものだとの考えに至る。しかしながら、数学における「真理」も明日になれば「真理」でなくなってしまうかも知れない。そうであればやはり数学も疑わしい。言い換えれば、この世の中には「絶対」というものは無しに等しい。そして、デカルトは「方法論的懐疑論」を提唱した。

これまでいろいろなことを疑ってきて、その「いろいろなこと」はすべて疑わしいということがわかった。しかし、こうした思考は疑うことができない。そして「我（われ）」があるということも疑うこともできない。こうして「**われ思う、故にわれ在り**」という言葉を発した。ちなみに、デカルト（一五九六年―一六五十年）はフランスの哲学者である。彼は風邪をこじらせて肺炎を患い逝去した。彼の言葉は和歌ではないが、心を揺さぶる言葉ではある。「人生の目的を見つけるのが人生の目的」だとすると、信仰や尊敬できる人の生き方に目的を見出すことができるかも知れない。しかしながら、生きる目的を見出すのは難しい。友人や尊敬する人に相談することで、それを教えてもらえるかもしれない。いずれにしても、人の温かさを通して感じてこそ信じられる事を見つけられると信ずるしかない。

和歌は人の「考え方や感じ方」が言葉になって表現されたものである。四季の歌であったら、作者の感情を季節が感じられる四季折々の事象に託して、より深く表せる。和歌にして詠むことで、自分の中にある感じ方や考え方といった「言語化しがたい感覚」を表現することができるのである。一つの言葉にして表すことはできないが、情景とともに三十一文字に託すことで伝えられ、理解できることもある。和歌の三十一文字は少ないと思う人もいるかも知れないが、詳しくても伝わらないものは伝わらない。だからこそ工夫された表現が必要になり、読み手も理解しやすくなる。そして、自らの感じた「あはれ」を、歌という形で表現し、次の世代に、花を見る時の心や人を思う心のあり方を伝えていくのである。和歌や物語を通じて、さまざまな事象に応答する心を知ることができる。平安時代から続くものの考え方や感じ方を和歌で表現し、継承していく。桜が咲けば喜び、花びらが散ると悲しむ感情は昔の人も現代の人も変わらないはずである。言い換えれば、人々の感情を表現する手段（あるいは道具）こそが和歌なのであろう。和歌は長い歴史のなかで脈々と受け継がれてきた文芸作品であり、私たちの心情を吐露する手段として用いられてきた。和歌は、そうした時代に生きた歌人を磨き上げたすばらしい言語芸術なのだ。

おみくじには和歌が載っていることが多い。「韻」について指摘したい九鬼周造は、『偶然性の問題』のなかで韻について言及しているが、さらにそれを展開した論文「日本詩の押韻」がある。頭韻、脚韻など韻が詩の重要な要素になっている。漢詩はそのひとつであり、絶句でも、きちんと韻がふまれている。それどころか、九鬼周造は述べている。「日本の詩（和歌、俳句、明治以降の詩など）においても、韻は無視できない要素であった」と（『九鬼周造全集　第四巻』、岩波書店、一九八一年）。頭韻、脚韻、枕詞、掛詞などの方法によって、万葉の歌から現代の歌まで、韻が用いられている詩歌がかなり多くある。韻は言語における偶然性の問題であり、詩歌はひとつには韻を採用することによってその芸術的深みを獲得する。もちろん、おみくじに書かれている詩歌は芸術をめざしたものではなく、韻を用いることによって、おみくじの偶然性が補強されているのではないかと思われる。

一九七一年、分子生物学者のジャック・モノーが、フランスで最も由緒ある研究機関「パリ・パストゥール研究所」の所長に任命された。モノーは、一九六五年にノーベル生理学・医学賞を受賞している。彼の著した『偶然と必然』において、斬新な生命哲学観を示した。生物の進化と遺伝子との関係、言ってみれば、遺伝子の複製と進化との現象を記述しているのは当然ながら、人間社会でも、「偶然と必然」が同じように起こっている。自己の人生を顧みると、研究を始めた動機、指導教授との出会い、留学先のパストゥール研究所、そこに設置された微生物工学ユニットを担当するジュリアン・デービス教授との出会い、どこまでが偶然でどこからが必然なのかは漠然としているけれど、一連の出来事として動いている。すなわち、すべての現象は連続しており、ある出来事が要因となり、次の出来事へとつながっていく。「人間万事塞翁が馬」という言葉は、たとえ今が好ましい状態であっても辛い状態に陥ることもあれば、苦しくても踏ん張っていれば、いつかは幸福の女神が微笑むという意味である。これこそ、「偶然と必然」の何ものでもない。ただこの過程で難しいことは、苦しい状態の中でいかに自分の考えや信念を持ち続けるかということだ。それができれば、必ず次の何かにつながるであろうと期待できる。少し哲学的になってしまったが、私たちは、自ら体験したことに意味を見出し、自らの人生における過去—現在—将来を緊密に縫いつけ、全てを必然の歩みとして理解することで、生きることに価値や意義を見出そうとする。だから、生活の中で無意味なものや、また偶然の出来事に出会った時、「意味」との必然性を見出すことで安心しようとする。もし、全てが偶然だとしたら、自分が生まれたのも偶然、いま見ているものも偶然に存在し、しかも昨日の自分と明日の自分は同一でなく、偶然に過ぎない。私たちの現実は、もしかすると偶然かつ無意味な事象かもしれない。ただし、それでは生きていけないため、必然の物語として安心しようとしているのかも知れない。この想いで昔の人たちも和歌を詠んできた。

一方、死を意識した歌もある。平安時代の『古今和歌集』に収載されている在原業平の「つひにゆく　道とはかねて　聞きしかど　昨日今日とは　思はざりしを」。人間なら誰しも必ず最後にゆく死への旅は、かねてより聞いてはいたけれど、昨日や今日という急な話とは思わなかったと詠っているのであろう。

第二章　和歌を読むときの決まりごと

和歌は定型詩なので、その形式から逸脱しないことがルールであるが、少しの例外は認められている。一方、短歌を「よむ」と言うが、中国では「読む」と「詠む」の意味を区別している。中国人は、短歌や俳句を「読」ではなく「詠」、言い換えれば、「読」は書いてあるものを黙読したり、音読したりするが、「詠」は自分の心のなかにある想いを一定の形式に載せて詩にすることである。加えて、他人のつくった詩は追体験することになるので、和歌の本を「読む」ことはあっても、「詠む」とは言わない。

私が短歌を勉強しようと決めたのは、二〇二三年にNHKの朝の連続テレビ小説『舞いあがれ』を観たのがきっかけであった。飛行機のパイロットになる夢を持った主人公・舞（まい）に対し、幼なじみの貴司（たかし）が、「君が行く新たな道を照らすよう　千億の星に　頼んでおいた」と詠んだ短歌を舞に贈った。
この短歌は「本歌取り」という、有名な和歌の一部を取り入れる技法で詠まれた和歌が素となっている。その和歌を詠んだ「狭野茅上娘子（さののちがみのおとめ）」は奈良時代の下級女官で、彼女の夫が地方に追いやられたことから、夫を想う気持ちを詠んだ。本歌取りに使われた「君が行く　道の長手を　繰り畳ね焼き滅ぼさむ　天の火もがも」は万葉集に載っている。

私は、貴司が詠んだ短歌に感動し、科学者特有の「あれこれ好奇心」のアンテナが動き出した。そして今や、転んでもタダでは起きない性格の私は、和歌が誕生した歴史も調べてみようと決めた。それ以来、寒さ厳しい真夜中に、言い知れない不安で心の迷路に入ってしまうと、なかなか寝つけないことがある。そんな時には枕元に置いた短歌の雑誌を読んでみる。すると、「同じ気持ちの人がいて、こんな考え方もあったのか」と感じ、不安の出口に辿り着くことができる。

最近、私は、日常生活や自然界は、五・七・五・七・七の三十一文字からなる素材で満ち溢れているように感じ、物事をじっくり観察してみようと考えられるようになった。いわば、感性のアンテナで和歌の題材を探し、言葉のリズムにのって思考することが楽しくなっている。実際、今日あったことを忘れないようにと、すぐメモしたり、見たり聞いたりして感じたことを創作短歌に織り込んでいる。そして、しばらくしてから読み返してみると、そのときの情景が思い出され、心が暖かくなってくる。日常的に自転車で大学に通勤する私は、いつもメモ用紙とボールペンをジャケットのポケットに入れている。創作のアイデアが浮かぶと自転車を止めて記録する。信号待ちが絶好のメモ時間である。

最近は、短歌を詠むときに使う言葉が辞書的な意味しか持ち得ない使い方をしないようにしようと思うし、言葉の組み合わせによって、それぞれの言葉（語句）にどれだけ豊かなイメージを注ぎ込めるかを考えながら詠めるように努力しなければならないと自身を叱咤激励している。表現力の豊かな人間は言葉への感性が強く、使いこなせる語彙も豊富であるが、私にはまだまだ使える語彙（ボキャブラリー）が少ないことを痛感している。

許される本歌取り（ほんかどり）

藤原定家が『詠歌大概（えいがたいがい）』のなかで本歌取りの基本を書き残している。定家いわく、本歌取りするとき、本歌の五句のうち三句まで取るのはとり過ぎであるとしている。例えば、鴨長明の「無名抄」には次のような逸話が伝わっている。和歌の歌合せで、「今来むと　言ひしばかりに　長月の　有明の月を　待ち出でつるかな（素性法師）」。古今集に入っている素性法師のこの歌を本歌取りして「今来んと　妻や契りし　長月の　有明の月に　を鹿鳴くなり」と詠んだ人がいた。定家はこの歌を二句目「妻や契りし」と結句「を鹿鳴くなり」のわずか二句しか違っていないとして批判した。このような「取りすぎ」についで『詠歌大概』では、二句を超えて取る場合は二句プラス三、四字くらいまでが許容範囲で、それ以上取る場合は句の位置を置き換えて、本歌の上の句を下の句にするなど創り改めるべきだと指摘した。さらに、定家は「同事を以って古歌の詞を詠ずるは、すこぶる念なきか」とも言った。これは、本歌とする古歌と同じような主題や発想、場面や表現を用いて詠むのは良くないということなのだ。もしも本歌が春夏秋冬の四季を主題にしているのであれば、本歌取りした歌は例えば、恋歌や雑歌などに詠み変えるべきだと言っている。

平安時代の初め、公的な文学は漢詩だった。やがて和歌に傾いていった。「和歌（倭歌）」の「和（倭）」は、七世紀以前の日本の呼び名である。「歌」は「詩歌」を意味するので、「和歌」は「日本詩歌」という意味を持つことになる。和歌は、「五・七・五・七・七」と句を連ね、合計三十一文字で綴る「短歌」のことである。

古今和歌集には、「すさのをの　みことよりぞ　みそもじあまり　ひともじはよみける」と記されている。日本独自の詩の形態すなわち、和歌のなかには「短歌」、「俳句」、「川柳」が含まれる。ちなみに、和歌と短歌は同義語である。

もう少し詳しく言えば、「俳句」は、季節感を与える「季語」を組み入れながら、五・七・五の十七音を基本としている。一七世紀に活躍した「松尾芭蕉」は発句（最初の句）の独立性を強調した和歌といえる。

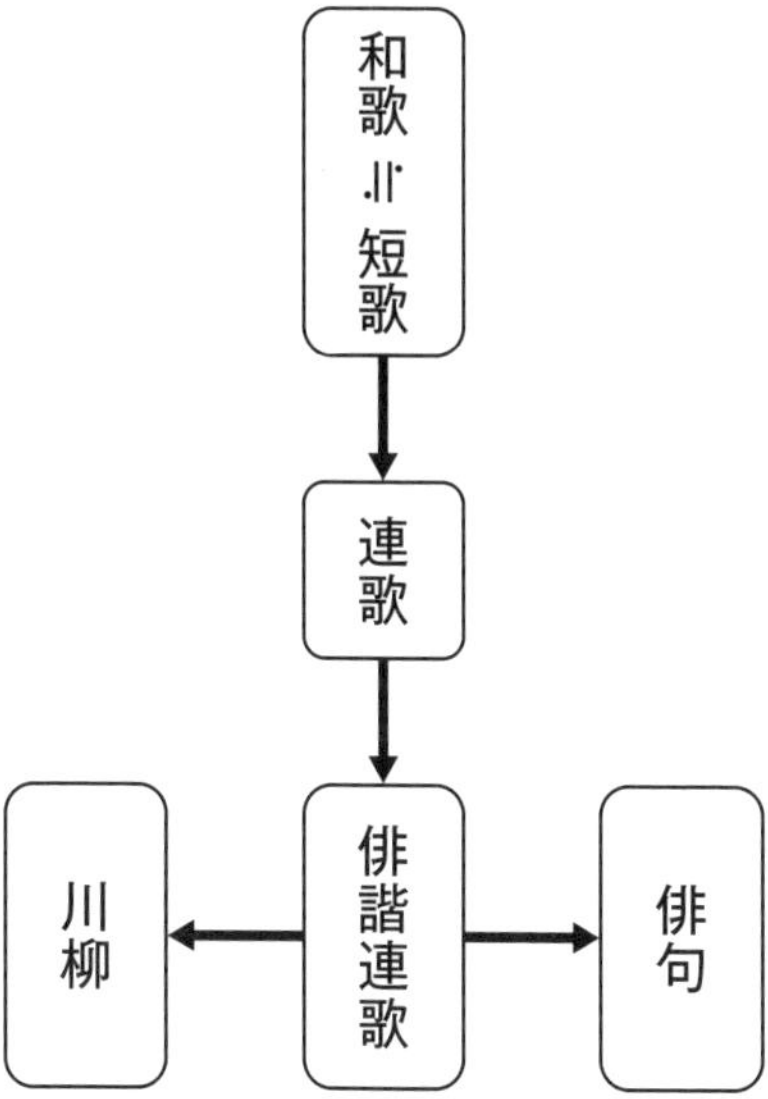

ちなみに、この図に示した連歌（れんが）とは、複数の人たちが集まってリレー形式で和歌を詠む古くからある伝統的な詩歌のひとつである。五七五の発句と七七の脇句を交互に複数人で連ねて詠んで一つの歌を完成する。連歌は奈良時代に原型ができ、平安時代半ばに長短二句を詠む短連歌が流行し、やがて連ねて長く読む長連歌も出現した。江戸時代には俳諧連歌が隆盛となり、上方から井原西鶴、松尾芭蕉らを輩出したが、連歌自体は廃れた。俳諧連歌も江戸時代の後期に「月並流」といわれる形式を重視したものに変化し、明治になると、正岡子規の俳諧から俳句への革新によって終末期を向かえることになる。

第三章　漢詩から和歌へ

漢詩には紀元前八百年前へと遡る歴史がある。儒教で重要な「四書五経」のひとつが『詩経』である。西周後期から春秋時代に編纂された詩集で、この時点の詩集はまだ句数と韻律などの形式は定まっていなかった。

紀元六一八年、李淵（高祖）は唐王朝を興す。この時代になると、国家芸術レベルまで到達した漢詩は、民間にも広まり、多くの詩人を輩出した。李白や杜甫が名詩を残し、漢詩が黄金期を迎える。この時代になると、それまでの句数（行数）を定めない「古詩」から、八句からなる「律詩」や、四句からなる「絶句」などの形ができ、それ以降の時代の漢詩へと受け継がれてゆく。韻律や句法なども定まっていく。「唐」王朝以降の詩を「新体詩」と呼び、唐時代の漢詩を「唐詩」と称している。

六〇七年に始まった遣隋使や遣唐使の派遣は、中国文化を日本に持ち帰る上で重要な役割を果たしたほか、貿易や布教をするために日本に渡ってきた中国人たちも日本に中国文化を持ち込んだ。この時代背景のなかで、日本最古の詩集と呼ばれるのが、七五一年に編纂された『懐風藻』である。日本最古の和歌集である『万葉集』よりも先に世に出ていたのである。この詩集は宮廷でつくられた漢詩を収録したもので、最も古い詩が、大友皇子作の「宴に辞す」である。以降、平安時代の菅原道真などや、鎌倉・南北朝における武士や僧侶も漢詩を残した。和歌は本来、漢詩への対抗意識をもとに成り立ったもので、漢詩を土台にして生まれた和歌は独自の世界を形成してゆく。

和歌には恋歌（こいうた）が多く、漢詩には恋歌は少ない。同じ抒情詩であるが、なぜ和歌に恋歌が多くて、漢詩には少ないのか。また、和歌と漢詩における恋歌の世界はどのように違うのか。和歌と漢詩と密接な関係にありながら、和歌は漢詩と一線を画した世界感を創りあげた。どのように自らの個性を発揮し、漢詩と異なる独自の世界を創りあげたのか、とても興味深い。

和歌を詠む人は自由に恋愛ができたのに、作品では恋を隠し、恋人の容貌を秘密にして忍ぶ恋の苦しみを詠む。一方、漢詩の詩人は自由に恋ができなかったのに、作品のなかでは本当に恋をしているかのように詠っている。「在原業平」は忍ぶ恋をしたが、「曹植」は神女との恋を作品にした。漢詩の詩人である曹植は好んで天上の神女に恋をする。日本の貴族は恋を隠すが、曹植にとっては噂どころではなく、発覚したら命がない。業平の忍ぶ恋よりも、曹植の恋こそが真の忍ぶ恋だと言えよう。恋は個人的な感情である。だが、李清照の作品から読み解けるように、漢詩の詩人は閨の恋を表現しながらも個人を超え、悲しみを超え、広大な天国や宇宙に目を向ける。李清照は宋代が生んだ女性詩人である。彼女の才能は全く男女の別を思わせない完璧なものであって、南宋の十傑に入る。漢詩の恋は宇宙に広がるような壮大なる恋であるが、和歌の恋は閉じ籠る恋である。漢詩は永遠の恋歌であるが、和歌は刹那の恋歌である。和歌と漢詩とで、このような違いがあるのはおもしろい。

和歌が生まれた背景

平安時代の貴族は日記を付けるのが一般的で、毎日のことを記すだけでなく、宮中の公務や行事を記録することで、次の世代に引き継ぐ役割を担ってきた。平安貴族の男性の日記として、紀貫之による『土佐日記』や藤原実資（ふじわらのさねすけ）による『小右記』（しょうゆうき）などが有名だ。「日記から、当時の貴族はどんな一日を過ごしていたのかを知ることできる。平安時代の貴族(男性)は午前三時頃に起床するのが一般的だった。というのは、皇居の門が開かれる時間が午前三時だったから。朝食をとり、身なりを整えてから牛車に乗り、宿舎から宮中まで約三十分かけて出勤していた。起床が早いために朝六時には家を出て、七時には仕事を始めていたようだ。歌を詠んだり、雅楽を楽しんだりしながら一日を過ごせる貴族は上流貴族の一握りだけだった。帰宅後に昼食を取った。その内容は、白米と煮魚、香物（漬物）などだ。当時は農耕技術が発達していなかったので、白米は貴族しか食べられないほど貴重であった。

午後は自由時間となるため、好きなことをして過ごした。」例えば、蹴鞠（けまり）、囲碁、双六（すごろく）、そして和歌を詠むことだった。夕食は午後四時頃。一日二回の食事であるため、夕食の時間は早めであった。昼食と同様に白米と副食（肉あるいは魚、野菜、山菜など）を食べた。日が暮れると就寝するのが基本で、夏は十九時、冬は十八時には就寝し、次の日の午前三時に起きるという八時間睡眠だった。

一方、女性が書いた日記もある。例えば『紫式部日記』は、平安時代中期の作家「紫式部」によって書かれた日記で、中宮（天皇の妻）「藤原彰子」（ふじわらのあきこ：藤原道長の娘で一条天皇の后）に宮仕えしていた一〇〇八〜一〇一〇年（寛弘五―七年）の宮中の様子が描かれている。

女流文学が本格的に発展したのは紫式部と清少納言が活躍したこと、日記文学が人気を博したことも要因となっている。しかし、それ以前に、現存する日本最古の歌集であり、八世紀末には完成したと伝わる『万葉集』以降、多数の優れた和歌を詠む女性歌人が世に現れたことも、平安時代に女流文学が開花した基盤になった。また、平安時代は、夫が妻の家に通う「妻問婚」（つまどいこん）の習慣があり、夫を待つ間に日記や物語を執筆する女性が現れた。その先駆者が、藤原兼家（ふじわら　かねいえ）の妻「藤原道綱母」（ふじわらみちつなのはは）である。彼女は「小倉百人一首」にも選出されている歌人で、夫との結婚生活の様子などを回想録的な日記に綴っている。これが『蜻蛉日記』（かげろうにっき）と称され、日本初の女性による文学作品となった。

紫式部の父、藤原為時（ふじわら　ためとき）は下級貴族であったが、「花山天皇」（かざんてんのう）に漢学を教えた学者で、歌人でもあった。そんな父の血を引いた紫式部は幼い頃から漢詩文を読める才女だった。平安時代の女性は学問に触れる機会がほとんどなかったが、紫式部は『日本書紀』や仏教の経典など様々な書物を読破した。さらに和歌も勉強し、才能を発揮していった。紫式部は九九八年に「山城守」で出会った年上の「藤原宣孝」と結婚したが、その数年後に藤原宣孝は死亡してしまった。『源氏物語』を執筆し始めたのは夫と死別したころであったと伝えられている。源氏物語の評判を知った藤原道長が、一条天皇の妻の「藤原彰子」の教育係に紫式部を推薦した。

その後、紫式部は一〇一二年（寛弘九年）ごろまでは藤原彰子に仕えつつ、源氏物語を書き上げた。

二〇二四年に放送されたNHKの大河ドラマ『光る君へ』は、平安時代中期を舞台に、「世界最古の女性文学」である『源氏物語』を書いた「紫式部」の生涯を描いている。源氏物語は約百万文字に及ぶ長編であるが、当初は文学好きな友人や仲間に読んでもらうため、趣味のひとつとして書いていたとされている。源氏物語の主人公「光源氏」とそれを取り巻く女性たちとの恋愛が中心で、物語は、光源氏とその一族の人生が三部構成で描かれている。具体的には、宮中の貴族の華やかな生活を優雅に描き、かつ、貴族の苦悩も詳細に書いている。

源氏物語が日本の文学史上、傑作中の傑作であると評されているのは、歌人「藤原俊成」が、「源氏見ざる歌詠みは遺恨のことなり」、わかり易く言えば、源氏物語を読んでいない歌詠みは、誠に残念である」と絶賛していることからもわかる。『源氏物語』は平安時代以降の日本文学史上大きな影響を及ぼしただけでなく、今や二〇ヵ国以上の言語に翻訳されているように、世界文学としてきわめて高い評価を受けている。

「小倉百人一首」は今から約七三〇年昔、鎌倉時代の歌人である藤原定家がまとめたものである。天智天皇から順徳天皇までの約五五〇年の間に、貴族や歌人たちの間で詠まれた和歌から、各人の優れた和歌や代表的な和歌一首を取り上げ、年代を追って、全部で百人の和歌を取り上げたものである。

「小倉百人一首」と呼ばれるのは、藤原定家が京都嵯峨の小倉山の別荘で屏風（襖）に書き写したことから、このように呼ばれている。小倉百人一首はすべて『古今集』や『新古今集』などの「勅撰和歌集」から集められた。「勅撰和歌集」とは、時の天皇の命で編纂された和歌集で、全部で二十一の和歌集があるが、「小倉百人一首」は、次の十の「勅撰和歌集」から、和歌が選ばれている。具体的には、古今集は二四首、後撰集　七首、捨遺集　十一首、後捨遺集　十四首、金葉集　五首、詩花集　五首、千載集　十四首、新古今集　十四首、新勅撰集　四首、続

後勅撰集　二首の合計百首で構成されている。百首の中には恋の和歌が四十三首あり、季節の歌では秋の和歌が一番多く選ばれている。また、女流歌人は二十一人、僧侶も十五人が選出されている。

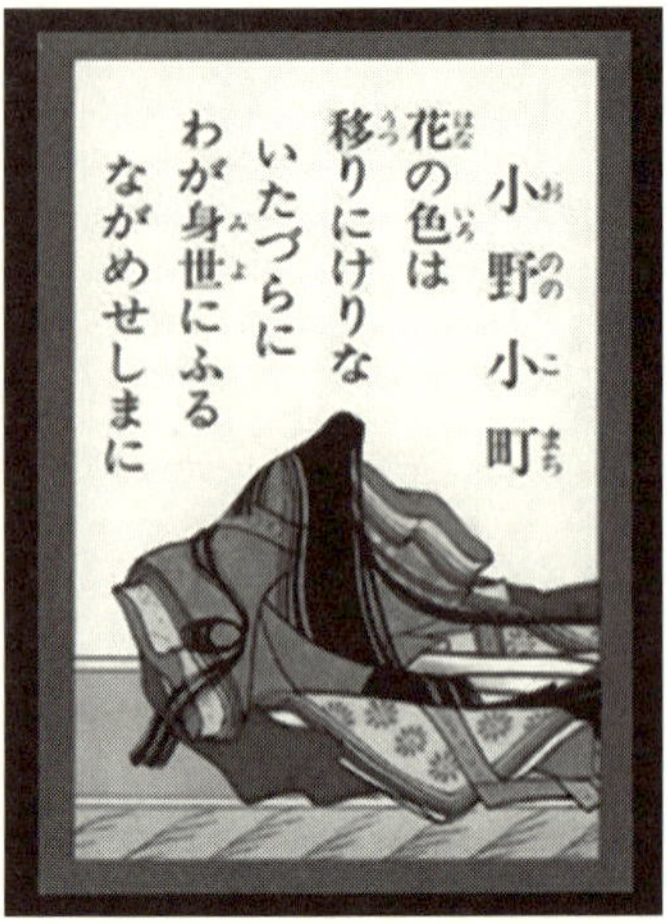

和歌を詠む際の素材として、「梅」の枝に停まる鳥といえば、多くの人は「鶯（うぐいす）」と答えるであろう。「梅に鶯」といえば、季節は春だと思う。そのモチーフは絵画や工芸作品に用いられてきた。それが和歌に通じ、日本の美と言える。
五・七・五・七・七の三十一音からなる日本特有の定型詩「和歌」は茶の湯や能、

香道といった伝統文化から現代生活に至るまで、日本人の心に大きな影響を及ぼしてきた。その和歌を八百年にわたって家業としてきたのが、京都御所の近くに住居を構える「冷泉家」だ。先祖には平安・鎌倉時代に活動した藤原俊成と藤原定家という親子がいた。冷泉家は天皇や征夷大将軍など、国を治める者にとって必須の教養であった和歌を伝える家として、その役割を担ってきた。江戸時代前期の歌人である冷泉為景は幼少期から和歌を好んだ。為景が五一歳で亡くなってから冷泉家は衰退したが、和歌の伝統は今も受け継がれている。

第四章　歌人 正岡子規と石川啄木と与謝野晶子

季語の登場

日本最古の歌集『万葉集』に収載する和歌には、すでに春夏秋冬を区分して読んだり、特定の詩題を決めたりして和歌を詠んでいた。鎌倉時代に五七五と七七の句を次々に詠んでいく「連歌」が成立すると、季節や地域を限定するための決まりが必要だとする歌人が現れた。そうして季語の原型ができあがっていった。

江戸時代になって滑稽に自由な形式で詠む「俳諧（はいかい）」が認知されると、五九〇の季語を収載した『はなひ草』や二六〇〇の季語を収録した『俳諧歳時記』など、身近なものを含んだ季語の本が出版された。ちなみに、はなひ草（はなひぐさ）は俳諧を論じた書物であり、一六三六年に親重らによってまとめられたものである。

季語は春夏秋冬の時候・天体・地理・生活・行事・食物・昆虫などを含む動物・植物という区分に加え、有名な人の命日である「忌日」も季語になった。さらに言えば、「春の月」「桜咲く」「梅」といった具体的な季語から、「秋近し」などの季節の変わり目を指す季語も登場した。「七夕」や「七五三」などの年中行事、「盆踊り」「神田祭」といった祭りも季語になる。特定の神社で行われる「江戸山王祭」のように、日時が決まっているものもある。

松尾芭蕉や芥川龍之介など、著名人の命日も季語として使われている。例えば、松尾芭蕉の命日十月十二日は「芭蕉忌」とか「時雨忌」あるいは「桃青忌」と呼ばれている。正岡子規が詠んだ「**芭蕉忌に芭蕉の像もなかりけり**」や、歌集『ホトトギス』に収載された稲畑汀子の「**時雨忌の大きな雲の通りけり**」などが知られている。「時雨忌」は十月の異称が時雨月であること、「桃青忌」は芭蕉の号の一つから取られるなど、忌日の季語は必ずしも人名のみとは限らない。作品名が忌日の季語とされている著名人もいて、芥川龍之介の命日は七月二四日であるが、彼の小説の一つである『河童』から「河童忌」と呼ばれている。季語の季節は旧暦で決められているため、新暦の現代とは季節感が合わず、間違いやすい季語がある。そこで、旧暦と新暦の違いは何か？旧暦の四季、季節を間違いやすい季語について考えてみる。

短歌に季語は必須ではない。読み手に季節感を伝えるために、季語を用いる場合はある。短歌にはそもそも「季語」の概念がない。当然ながら、季語を入れることで季節感を出したい場合や風景が浮かびやすい内容にしたい場合は季語を入れることもある。北原白秋は「**春の鳥　な鳴きそ鳴きそ　あかあかと　外の面(とのも)の草に　日の入る夕べ**」と詠んでいる。春の鳥よ、鳴かないでくれ。外の草に赤々と夕日が照っている。それ以上鳴かれると、私まで悲しくなってしまう。一目瞭然「春」という言葉が入った短歌だ。ついでに「**ただひとつ　惜しみて置きし　白桃の　ゆたけきを吾は　食ひをはりけり**」。これは斎藤茂吉が詠んだ短歌で、残念にも、大切にしておいた白い桃の豊かさをとうとう食べてしまったと。最近、数えて三十一文字に収まっていれば良いのではないかとの考え方も出てきており、短歌創作の自由度が高まっているようだ。例えば、「夏の夜 蛍の光瞬く涼やかに ふたり手をとり 夢に舞い上がる」のなかで、二句は文字数が十一、五句は八文字もある。完全な字余りで詠まれている。

旧暦と新暦

私たちが現在使っている新暦は、太陽の動きを基準に作られた太陽暦というもので、明治時代の初めに採用された。この新暦が使われていた以前の暦を旧暦と呼んでいる。旧暦は月の満ち欠けを基準とし、そこに季節ごとの太陽の動きを組み込んで決められた暦で、季語の季節は旧暦で示すことが基準となっている。

旧暦の四季

最近、テレビ番組の天気予報で解説者が「暦の上では春ですね。」と言っているのを聞いた。旧暦では立春・立夏・立秋・立冬を基準に四季を分けていて、それぞれ旧暦の一月から三月が春、四月から六月が夏、七月から九月が秋、十月から十二月は冬である。現代の季節感とは一ヶ月ほどのズレがあるため、季語の季節を間違える原因になる。例えば、「七夕」は現在、七月七日の行事のため夏の季語に感ずるが、旧暦の七月七日は新暦では八月八日ごろのため、立秋をすぎて秋の季語に切り替わる時期だ。このように、旧暦と新暦では一ヶ月ほどの差があるため、旧暦の季節の変わり目にあたる季語は注意が必要である。

俳句を詠む際に注意すべき点を挙げると、過去は詠まないこと。時間と場所などを入れないこと、動詞を多く使わないこと。季語を使うことは俳句のルールではあるが、同じ句のなかに二つ以上の季語を使うと「季重なり」となり、推奨されない。ちなみに、有名な季重なりの句として、「**目に青葉　山ほととぎす　初鰹**」という句がある。これは「青葉」「ほととぎす」「初鰹」という季語を三つ重ねることにより初夏の風景を演出している。この例に挙げた句は、ひとつひとつの季語の説明をしたいのではなく、読んだ人たちに想像してもらう「初夏の感覚」を詠み人がどうしても伝えたかったのかも知れない。

松尾芭蕉は「俳諧連歌」に雅（みやび）な世界観を取り込んだ。それは日常からかけ離れたものではなく、古典の美と自分の日常とを重ね合わせた詩的表現を追求した。芭蕉が「俳句の祖」と呼ばれる理由である。その影響を強く受けた与謝蕪村と小林一茶が続く。芭蕉の「閑さや岩にしみ入る蝉の声」、蕪村の「**菜の花や月は東に日は西に**」、一茶の「**痩蛙まけるな一茶是に有**」はよく知られている。江戸時代のこれら三大俳諧スターのあとに、彗星のごとく登場したのが、明治時代に活躍した正岡子規である。子規の時代にはいると「俳諧の発句」は「俳句」と呼び名を変えることになる。

正岡子規は一八六七年に現在の愛媛県松山市に生まれた。幕末から明治初期のありふれた俳句を子規は「月並俳句」と批判した。子規は二〇代前半から、俳句の創作活動と並行して、過去の膨大な俳句作品を集め、その分類に没頭した。この研究が俳句の革新運動につながっていった。子規と師弟関係にあった俳人が高浜虚子である。「遠山に日の当たりたる枯野かな」と詠んだ俳句は有名である。虚子が中学生のころ、同級であった河東碧梧桐（かわひがし　へきごとう）を介して正岡子規を知り、上京して碧梧桐とともに子規の俳句の革新活動を支援した。虚子は一八七四年に子規と同じ松山市に生まれた。「虚子」という名の俳号は子規が名付けたという。二十歳の時に碧梧桐と共に東京に住んでいた子規を頼って上京した。当時、重病で人生の最期を迎えようと悟った子規は虚子の俳人としての高い能力を評価し、後継者になって欲しいと頼んだが虚子は断った。しかしながら、以来、子規と虚子との師弟関係は子規が亡くなるまで続いた。

子規は時間と労力が必要な地道な研究活動を通じて、これからの俳句が目指すべき道を考えていたようだ。一八九三年、二十六歳の時に発表した『芭蕉雑談』では、松尾芭蕉に対する俳句界の崇拝を批判して、当時の俳句界に大きな衝撃を与えた。子規は生涯で二万五千首の俳句を残したが、その創作活動は死の直前まで続いた。「病床から眺めた庭の草花や、枕元に置かれた品も子規の俳句の重要な題材となった。病床には、いつも多くの友人や知人が集まっていた。子規は魅力にあふれた人間であった。俳句創りに革命を起こし、俳句を文学として確立させた子規の功績は大きいと言える。

というのは、江戸時代に短歌が庶民の間に広がり親しまれていったが、次第に自分たちの生活を滑稽に風刺し笑いをとるような作品が多くなった。そのころから「俳優の諧謔」→「俳諧」と呼ばれるようになった。明治時代になると、正岡子規が「俳諧」の旧態依然さを嫌い、新しい詩風へと変革したものを「俳句」と呼ぶことを提唱した。目に触れる情景、四季折々の自然、人間模様、喜怒哀楽を織り込んで詠む、十七文字からなる定型詩である。

「**柿くへば　鐘が鳴るなり　法隆寺**」は子規の代表作で、以来、「俳句」という語句が用いられるようになった。さらに、明治から昭和にかけて活躍した与謝野晶子は十代から和歌を詠んだ。彼女の短歌「**やは肌の　あつき血汐にふれも見でさびしからずや　道を説く君**」はよく知られている。

石川啄木の詠んだ詩は「**東海の　小島の磯の　白砂に　われ泣きぬれて　蟹とたはむる**」である。この和歌は教科書に取り上げられるほど有名な作品で、初句の「東海」から「小島」「磯」「白砂」を経由して、「われ」と「蟹」へとズームしていく手技は見事だ。「泣きぬれて蟹とたはむる」は感傷的な結句で、青春の甘酸っぱさが込められている。啄木は一八八六年、岩手県南岩手郡日戸村に生まれ、二六歳で亡くなった。本名は石川一（はじめ）である。中学生の時に「明星」を読んで与謝野晶子らの短歌に感銘を受け、文学で身を立てようと上京した。二十歳で天才詩人と評価されるようになった彼の歌集が『一握の砂』である。そのなかで、「かなしくも　夜あくるまでは　残りゐぬ　息きれし児の　肌のぬくもり」と詠んでいる。

石川啄木の『一握の砂』のなかに「初恋」という詩があるので紹介しよう。

砂山の砂に 砂に腹ばい
初恋のいたみを
遠くおもい出（い）ずる日
初恋のいたみを
遠く 遠く ああ おもい出ずる日

砂山の砂に 砂にはらばい
初恋のいたみを
遠くおもい出ずる日

この詩に越谷達之助がメロディを付けた結果、日本のソプラノ歌手森麻季さんや秋川雅史氏も好んで歌う作品になっている。啄木のこの詩は、失恋や陰り、愁いなどを感じさせるとともに、美しい恋歌となっている。青春の日が遠ざかっても、その時感じた心の痛みは薄れることはなく、幼いころの初恋を追憶する優しい詩になっている。ついでに言えば、「砂山の砂にはらばい」との動作は、砂浜で初恋の人と遊んだ思い出が目に浮かび、切ない孤独感すら感じられる。これを読む人が自らの初恋の思い出を重ね合わせると共感しやすいことから、啄木の詩のなかで人気が高いようだ。

啄木はていたらくな性格だったが、逆に彼の内面から生み出された短歌は素晴らしい。その矛盾こそが彼の才能に深みを与え、今でも多数の人たちが共感し、大きな影響を与え続けている。

与謝野晶子は明治三十三年、与謝野鉄幹の東京新詩社に参加し、『明星』誌上に短歌を発表した。鉄幹と恋愛関係となり明治三十四年に『みだれ髪』を発表し、大きな反響を呼んだ。そのなかに収載されている短歌が「春雨に　ぬれて君こし草の門（かど）よ　おもはれ顔の　海棠の夕」である。同年鉄幹と正式に結婚し、その後も日本ロマン主義を代表する歌人として多くの歌集を発表した。日露戦争の際に発表した詩「君死にたまふことなかれ」も有名である。原文を紹介すると、

あゝをとうとよ、君を泣く、
君死にたまふことなかれ、
末に生れし君なれば
親のなさけはまさりしも、
親は刃（やいば）をにぎらせて
人を殺せとをしへしや、
人を殺して死ねよとて
二十四までをそだてしや。

堺（さかひ）の街のあきびとの

旧家（きうか）をほこるあるじにて
親の名を継ぐ君なれば、
君死にたまふことなかれ、
旅順の城はほろぶとも、
ほろびずとても、何事ぞ、
君は知らじな、あきびとの
家のおきてに無かりけり。

君死にたまふことなかれ、
すめらみことは、戦ひに
おほみづからは出でまさね、
かたみに人の血を流し、
獣（けもの）の道に死ねよとは、
死ぬるを人のほまれとは、
大みこゝろの深ければ
もとよりいかで思（おぼ）されむ。

あゝをとうとよ、戦ひに
君死にたまふことなかれ、
すぎにし秋を父ぎみに
おくれたまへる母ぎみは、
なげきの中に、いたましく
わが子を召され、家を守（も）り、
安（やす）しと聞ける大御代も
母のしら髪はまさりぬる。

暖簾（のれん）のかげに伏して泣く
あえかにわかき新妻（にひづま）を、
君わするるや、思へるや、
十月（とつき）も添はでわかれたる
少女ごころを思ひみよ、
この世ひとりの君ならで
あゝまた誰をたのむべき、

君死にたまふことなかれ。

戦地に行って命を懸けて戦う弟を案じた姉の心を詠んでいるが、戦争を非難する思想は国賊的であるとして、発表当時、論争を巻き起こした。与謝野晶子は、「歌（詩）は歌である、誠の心をうたいたい。誠の心をうたわない歌に、何の値打ちがあるのか」と反論した。

短歌を創作するにあたって、上の句（五・七・五）と下の句（七・七）とに分けて創作する手法が出てきた。それは平安時代であった。やがて、ある作家が上の句を創り、別の詠み手が下の句を創る「連歌」が誕生し、「短連歌」から「長連歌」へと発展していった。連歌の中でも、和歌の伝統が嫌われて、ユーモアに富んだ連歌（＝俳諧連歌、略して「俳諧」）が好まれるようになっていった。「川柳」であり、俳諧の付句を学ぶ方法として考案された、言い換えれば、前句としての和歌である。当時、前句に五・七・五句をいかにうまく付けるかを競い合っていた。前句付けの選者として「柄井川柳」が有名であった。彼が選んだ作品は「川柳点」と呼ばれ、のちにその名前を拝して「川柳」という名が誕生した。

近年、「サラリーマン川柳」のコンテストがあるように、「川柳」は親しみ深い和歌と言ってよい。川柳は話し言葉である口語体で、身近な話題を題材にするので、敷居が低いと感じられ、現在はさまざまなコンテストが開かれている。「俺に似よ　俺に似るなと　子を思ひ」、これは広島県に生まれた麻生路郎（一八八八〜一九六五）が創刊した川柳雑誌に掲載された川柳である。

俳句は主に自然を詠むが、川柳は主に人間の性格や行動を詠むというところに違いがある。人の失意や苦悩や絶望をユーモアに訴える。静岡県富士市の市民文芸奨励賞を受賞した「聞き上手　笑顔も見せて　聞き流す」は順一郎作の川柳である。同じ川柳でも、表面上は機微な客観的真実の認識と描写があるようでも、句の背後からそれを誇張し、見せびらかす作者の主観が強く浮かび上がって見える川柳は如何ともしがたい。突きつめて考えれば、すべての滑稽は哀れである。最近のサラリーマン川柳で一位に輝いたのは閉店時間が早まった飲食店にちなんだ「八時だよ‼　昔は集合　今閉店」でした。続く二位は「ウイルスも　上司の指示も　変異する」は、全世代で多くの支持を集めた。第三位は「にこやかにマスクの下で　『うっせぇわ！』」だった。新型コロナ感染症が広がり、一躍マスクが川柳の素材として活躍している。その結果、第五位になった「マスク顔　確信持てず見つめ合う」は大学教員の私も実感している。歩いていて相手と対面した時、私はマスクは極力していないので、マスクした学生や事務方に声を掛けられても誰か分からないことがほとんどだ。心理学の専門家の解説では、日本人を含む東アジア人の表情は「目元」に、欧米人の表情は「口元」に出やすく、顔の表情を読み取る際に、それぞれ目元、あるいは口元に注目する傾向が強いそうである。日本のことわざに「目は口ほどにものを言う」といわれているくらいで、目元さえ見えればマスクをしていても抵抗がないのが日本人なのかも知れない。マスクをすると、顔の半分だけでは人との会話の際に相手の表情を読み取るのが難しく、うまく意思疎通できなくなる。二〇一九年に中国で出現したとされる新型コロナウイルスが日本に入り、流行初期には、感染予防にマスクが有効であると推奨され、そのエビデンスもたくさん報告された。その後、オミクロン株に代わってから感染者数や重症者数も激減している。国内ではなぜマスクを着用し続けているのか。もっとも大きな理由は感染する不安と感染させる不安を感じているのであろう。素顔を見せることを気にする人が一定数いる。マスク外すと〝思ってた顔と違うと思われそうで躊躇する。会話の時に表情を見られると気を使うので、マスクがあると楽になると言う人もいる。マスクをし続ける社会は普通にコミュニケーションをとる〟ことが苦手な方が増えるという弊害を生んでいる。マスクを取り上げて、「マスクして　素顔と心を　隠す人　新型コロナが　世界を変えた」と私は詠んだ。

万葉集と古今和歌集および新古今和歌集の編纂者

奈良時代末期までには現在の形にまとめられたと言われる『万葉集』は現存する日本最古の和歌である。四五〇〇首ほどの歌が収められている。撰者に大伴家持や額田王（ぬかたのおおきみ）がかかわったとされ、職業や身分に関係なく、広い階層の人々が歌を創っている。素朴な表現で生き生きと力強く歌った作品が多い。

額田王が詠んだ「恋の歌」として、「茜さす　紫野ゆき　標野ゆき　野守は見ずや　君が袖振る」が万葉集に収載されている。「あかねさす」は紫にかかる枕詞で、夫である天智天皇とその一行が薬草の採集に出かけた紫草の生えている土地で、「行ったり来たりして袖を振っているあなた、野の番人に見られてしまいますよ。」という意味である。額田王（生没年不詳）は、飛鳥時代の日本の皇族で歌人、天武天皇の妃でもあった。

次に山部赤人（やまべのあかひと）の詠んだ和歌を紹介する。赤人は奈良時代初期に生きた歌人で、元明、元正、聖武などの天皇に仕えた。生没年は不明だが、官吏として天皇に従い、吉野や紀伊などを旅しながら、自然を詠んだ優れた和歌を多数詠んでいる。代表作に、「たごのうらに　うちいでてみれば　しろたへの　ふじのたかねに　ゆきはふりつつ」。田子ノ浦の海岸に出てみると、雪をかぶったまっ白な富士の山が見事に見えるが、その高い峰にはしきりに雪が降り続けている（あー、何と素晴らしい景色であろうという感情で詠った）。ちなみに、私の故郷は静岡県富士市、実家は田子ノ浦からそう遠くない今泉にある。

一方、『古今和歌集』は平安時代初期の後醍醐天皇の勅命によってつくられた最初の勅撰和歌集で、紀貫之が編纂に関わっている。歌風は知的に構築された優美な歌が多い。鎌倉時代初期に後鳥羽上皇の命によって作られた八番目の勅撰和歌集が『新古今和歌集』と呼ばれている。千九百八十首の歌が収められ、選者は藤原定家らである。歌風は古今和歌集の延長上にあるが、表現は洗練され、華麗さのなかに寂しさを含んだ歌が多い。

第五章　知的好奇心で和歌を詠む

科学者は集中力と知的好奇心がきわめて高い。自然界のさまざまな現象に興味を抱き、「もっと知りたい　さらに知りたい」という欲求に絶えず駆られている。好奇心に満ち溢れた研究者は、知識や情報の探求をやめることはない。好奇心の強い研究者は、自分の専門領域だけでなく、ほかの分野にも興味を持つ。なぜなら、自分が興味を抱いた研究課題のヒントがどこに転がっているか分からないからだ。そんなことから、問題点や現象をあらゆる角度から理解するために、貪欲なまでの好奇心を持っている。真実を解き明かすために、人類がまだまだ学ぶべきことがたくさんあると認識している。

「最も強い者が生き残るのではない、最も賢い者が残るのでもない、唯一生き残るのは変化できる者である」との名言を残したチャールズ・ダーウィンは進化論につながる研究を二十二歳で開始した。イギリス生まれの地質学者・生物学者で、生物種の進化論を発表した。全ての生物種が共通の祖先から長い時間をかけて、彼が自然選択プロセスを通して進化したことを明らかにした。彼は基礎的な観察をいくつか終えるだけでは満足せず、数十年かけてさまざまな種の進化の過程に関するあらゆる知識を取得したのだった。最先端研究に尽力する科学者が、千数百年も続いてきた小さな詩に自らの想いを馳せるとき、言葉は不思議な輝きを放つのだ。

「**君待つと　我（あ）が恋ひをれば　我が宿の　簾動かし　秋の風吹く**」は恋の歌である。あなた様を恋しく待っていると、わが家の簾（すだれ）を動かして秋の風が吹いてきた。すだれを動かしたのはあなたではなかったのですねと詠った歌人は女性である額田王（ぬかたのおおきみ）である。彼女が天智天皇を思って詠んだ歌だと言われている。

さらに、紀貫之が土佐から京の都へ船で帰るときに詠んだ「**照る月の　流るる見れば　天の川　いづるみなとは　海にざりける**」は『土佐日記』に収載されている。この歌は「流れるように海に沈んでゆく照る月を見ると、天の川の流れ出す先は海であろう」と解釈した。

歌人と科学者との狭間で

［1］細胞生物学者　永田和宏

朝日新聞歌壇の選者のひとり永田和宏（一九四七年五月生）京大名誉教授は歌人として有名である。永田は京都大学在学中に短歌を始めた。口語調の青春歌と科学者的な叙述を持ち味としている。事実、永田は科学研究者であり、京都大学胸部疾患研究所（現称：京都大学再生医科学研究所）の教授として、「小胞体における変性タンパク質の品質管理の分子機構解明」を研究テーマとした細胞生物学分野で活躍した。「**きみに逢う　以前のぼくに　遭いたくて　海へのバスに揺られていたり**」と詠んでいる。

先にも述べたように、短歌は五・七・五・七・七の三十一文字で表現するが、字余りや字足らずでも良く、これが詠む際のリズムに変化を与えて、詩を印象的に表現することができる。しかしながら、字余りや字足らずの句が何個もあったりすることは避けなければならないことは容易に理解できる。永田の「**君よりも不安はわれに　大きければ　椋鳥のように　目をつむるのみ**」は字余りの句が二句あるが、リズミカルに読める。「かな」「けり」「や」などの切字を用いると、句に空間をもたらし、詠嘆や感動をより深くさせる効果がある。それが韻律やリズムを整えて格調の高い句にする。すなわち、「句切れ」とは、ひとつの短歌の中にある内容的な切れ目のことである。句切れがあると、全体のリズムと和歌の構成に流れができて理解しやすくなる。歌人島木赤彦が詠んだ「**みづうみの　氷は解けて　なほ寒し　三日月の影　波にうつろふ**」。この歌の意味は、春になって湖の氷はとけたけれども、湖の波間には三日月のかすかな光が映ってまだ寒さは厳しい。この詩は、三句目の終わりに句点が入るので、三句切れの短歌である。

与謝野晶子の詠んだ「**何となく　君に待たるる　ここちして　出でし花野に夕月夜かな**」は「・・・かな」で結んでいる。その心は「何となく、好きなあなたに待たれているような気がして、秋の花が咲く野に出てきたら、夕方に出る月が空に浮かんでいた」である。感動の中心を表す言葉が「かな」で、全体を連続したひとつの文として表現するためには句切れを使わない。言い換えれば、句切れなしの表現方法もあるのだ。字余りや字足らずの技法と並んで、「破調」と呼ばれる技法である。一句内で言葉が収まらず、次の句にまたがって長い単語を使ったり、表現したりする方法で、「句またがり」とも言う。その違和感が独特のリズムを生むので、そこに使った言葉の印象を詠み手に強く印象づけることが期待できる。

【2】物理学者　寺田寅彦

一八七八年生まれの寺田寅彦は東京帝国大学理科大学実験物理学科を卒業し、のちに東京帝国大学の教授を務めながら、夏目漱石との出逢いが縁で文壇で活躍した。寺田はノーベル賞に匹敵する研究業績を残しただけではなく、「科学と文学」を調和させたエッセイを執筆し、科学啓発活動のパイオニアとして高く評価されている。言い換えれば、彼のエッセイは芸術性に富み、科学と文学とが調和した作品となっている。

寺田の才能は、いったいどのようにして形成されたのだろうか？作家の川添愛さんによれば、物理学者の田丸卓郎と文学者の夏目漱石という二人に巡り会ったことで、科学と文学の両者を融合させることができたのかも知れない。寺田のエッセイ『科学と文学』を読むと、これら二つの営みに多くの共通点がある。科学の真理を追求する真摯な態度が寺田の文学作品には共通してみられるのだ。このエッセイで「文学が芸術であるためには、それは人間に有用な真実そのものの記録でなければならない」と述べ、また「雑記帳より」では、随筆は何でも本当のことを書けばよい（『科学歳時記』角川ソフィア文庫）と述べている。すなわち、科学者にとって必要なことは、たとえ自分にとって都合が悪くても事実を受け入れようとする態度であり、寺田の文章の謙虚さは科学者の慎重さの表れなのであろう。川添さんは、『科学と文学』での解説文のなかで、寺田の才能に関して次のように書いている。

「科学者と芸術家の生命とするところは創作である。科学者には思考のバランス感覚が必須であるが、寺田のエッセイにはそのバランス感覚が読み取れる。俳句や連句を創作していた寺田が著した『連句雑俎』「四　連句の心理と夢の心理」には、詩的な発想を際限なく自由に広げていくプロセスと、季語や前句などから、繰り返し制約を課せながら句を淘汰していく。このように、寺田は科学者兼文学者として、自分自身を内省的に観察していた。ただし、優れた科学者がすべて内省的であるとは限らない。寺田は夏目漱石との交流を通して教示された文学が少なからず影響を与えている」と。

寺田は『俳句の精神』のなかで、短歌もやはり日本人の短詩である以上その中には俳句におけるごとき自然と人間の有機的結合から生じた象徴的な諷詠の要素を多分に含んだもののもはなはだ多いのであるが、しかし俳句と比較すると、和歌の方にはどうしても象徴的であるよりもより多く直接法な主観的情緒の表現が鮮明に濃厚に露出しているものが多いことは否定し難い事実である。そうした短歌の中の主観の主はすなわち作者自身であって、作者はその作の中にその全人格を没入した観があるのが普通である。しかし俳句が短歌とちがうと思われる点は、上にも述べたように花鳥風月と合体した作者自身をもう一段高い地位に立った第二の自分が客観し認識しているようなところがある。「山路来て何やらゆかしすみれ草」でも、すみれと人とが互いにゆかしがっているのを傍からもう一人の自分が静かにながめているような趣が自分には感ぜられる。さらに、寺田は続ける。

日本人は西洋人のように自然と人間とを別々に切り離して対立させるという言わば物質科学的態度をとる代わりに、人間と自然とを一緒にしてそれを一つの有機体として見る傾向を多分に持っている。換言すれば、西洋人は自然を道具か品物のように思っているのに対し、日本人は自然を自分に親しい兄弟か、あるいは自分の身体の一部のように思っている。別の言い方をすれば、西洋人は自然を征服しようとしているが、日本人は自然に同化し、順応しようとしていると言えるかも知れない。この自然観の相違が科学を発展させてきたが、他方では俳句という極めて特異的な詩を発達させたのかも知れない。これは一見、奇抜な対比のようだが、正当に理解しようとする読者にとってはこうした奇怪な見方が決して奇怪でないことを受け入れさせようとしているのであろう。日本人のこうした自然観がどうして成立したかという理由については、日本人固有の自然観の特異性がいかなる形で俳句に現われるかを説明してみよう。従来俳句について客観と主観ということが問題になることがよくあった。この俳句は純粋な客観句であるとか、あの句は主観の句であるとかという批判を耳にすることがある。便宜上こういう言葉を使って俳句の分類をするのも、別に大した不都合はないが、自分の考えているような日本人の自然観を土台にする立場からすれば、こうした言葉はかなり無意味なものになってくる。なぜかと言えば、人間と自然とを切り離して対立させない限り、その差別はなくなってしまうからである。

一例として松尾芭蕉の「荒海や　佐渡に横たふ　天の川」という俳句を参考に考えてみる。西洋人の科学的な態度から見た客観的写生的描写だと思えば、これはつまらない短い文章である。最も有利な見方をしても結局一枚の水彩画の内容の最も簡単な説明書以外の何物でもない。なのに、この句が多くの日本人にとって美しい「詩」であり得るのは一体どういう訳なのか。この句の表面には、主観は極めて希薄である。「横とう」という言葉にわずかな主観の香りを感ずるくらいだ。それなのに、私はこの句によって限りない情緒の活動を喚起される。それは何故なのであろうか。

私たちにとっては、「荒海」は単に波の高い航海に危険な海面ではない。この荒海は私たちの目の前に展開する客観の荒海でもあると同時に日本人の心に広がる主観の荒海でもある。「**大海に　島もあらなく　海原の　たゆとう波に　立てる白雲**」という万葉の歌に詠われた「大海」の水は千年の歳月を通して松尾芭蕉の「荒海」とつながっている。

もちろん西洋にも荒海とほぼ同義語はある。その言葉が多数の西洋人の連想を呼び出す力を持っていることも事実である。しかしながら、これらの連想はおそらく現実的なものでもあろう。また、もしもそれが空想であるとしても、日本人に強く圧縮された、民族的記憶で彩られたものではない。「佐渡」でも「天の川」でも同様である。俳句の季題と名づけられたあらゆる言葉がそうである。「春雨」「秋風」というような言は、日本人にとっては決して単なる気象学の問題ではなく、それぞれ気象と時間との間に広がる無限の事象と、それにつながる人間の肉体ならびに精神の活動を極度に圧縮したエッセンスである。また、圧縮された内容を呼び起こし、出現させる呪文の役目を担っている。このような魔術がなかったならば、俳句という十七文字詩は、それぞれ一つの絵の題目のようなものになってしまう。この魔術がどうして可能になったか、その理由は二つに分けて考えることができる。一つ目は既に述べた通り、日本人の自然観の特性による。すなわち、自然の風物にわれわれの主観的生活を結合させ、かつ、吸着させて自然と人間との化合物ないし膠質物を創るという可能性である。これがなかったらこの魔術は無効である。しかしこれだけの理由ではまだ不十分で、もう一つの理由は日本古来の短い定型詩の存在とその流行によって、上述した魔術に対する私たちの感受性が養われてきたことである。

ステファヌ・マラルメ（Stéphane Mallarmé）は、十九世紀のフランスの象徴派詩人である。マラルメがある時期から生涯を通じて目指していたのは、詩を創作する上で生じる「偶然」を排した完璧な美しい詩を書くことであった。彼は散文で、表すことができないものだけを詩の素材とすべきだと主張した。さらに、ホーマーのおかげで詩は横道に迷い込んでしまった。「ホーマー以前のオルフィズムこそ正しい詩の道だ」と言ったそうである。音楽は、メロディ＋歌詞が一般的だ。しかし、昔は音楽と言えば詞のついていないものの方が一般的であった。詞による具体的な内容の語りや再現性がないため、音楽は抽象的な感覚概念をより純粋に表現する芸術だとされていたし、詞が無いので、音のみによる抽象的な表現だとされていた。これがオルフィズムである。一八七六年に発表された詩集『牧神（半獣神）の午後』が、作曲家ドビュッシーの名曲『牧神の午後への前奏曲』の着想源になったことは良く知られている。

この説の賛否は別問題として、この人の言う意味での正しい詩の典型となるべきものが日本の和歌や俳句であろう。雄弁で饒舌な散文に任して真に詩らしい詩を求めたいという精神に適合するものが、まさに短詩形であろう。この意味で日本民謡などもオルフィズムの圏内に入るものであるのかも知れない。

詩形が短いとか、言葉数が少ない結果、和歌に含まれる言葉の感覚の強さが求められる。同時にその言葉の内容が特殊な分化と限定を受ける。その分化され、かつ、限定された内容が詩に付随して伝統化し、固定化される傾向を持つのは自然の勢いである。そうならば、万葉集や古今集の語彙は内容において古来のそれとの連関を失わない。それゆえ、それらの語彙が民族的に遺伝する能力をもっていると言える。

しかしながら、これらの語彙の内容は進化し、時代に適応するだけの弾力性がある。このように考えると、和歌と俳句は純粋な短詩の精神を徹底的に突きつめたものであり、またその点で和歌よりも俳句の方がいっそう突きつめたものだということになる。

他方においては、科学の発展は世界の運命を大きく変えてしまう。例えば、科学が進んで原子爆弾を生み、その使用が悲劇を生んだように、「心の中の真なるものと偽なるもの」とを見分け、偽なるものを憎むことが科学の成果を利用する私たちにとって必要であると私は思う。

［3］理論物理学者　湯川秀樹

湯川は科学者としての歌だけではなく、ひとりの人間として、家族への想い、恋、仕事、病気、大切な人との別れなどを詠んでいる。

短歌との向き合い方は研究分野と関係している。理論物理学者の湯川秀樹の歌「**天（あめ）地（つち）の　わかれし時に　成りしとふ　原子ふたたび　砕けちる今**」は、科学的にハッキリした内容だ。湯川秀樹は素敵な歌人である。彼は石川啄木を愛し、歌人の吉井勇とも交流した。歌集『深山木』を残した。そのなかに収載されている「**思ひきや　東の国に　われ生（あ）れて　うつつに今日の**

日にあはんとは」は、日本人として初めてノーベル物理学賞を受賞した時の歌である。欧米のような先進国ではなく極東の国に生まれた自分がノーベル賞を受賞するとは夢にも思わなかったとの想いが表現されている

志賀潔は赤痢菌を発見した科学者で文化勲章を受章しているが、淡々とした研究に終始した生涯だった。「この秋は　嵐か風か　知らぬども　今日の務めに田草とるなり」という彼の詠んだ短歌には、志賀の地道な研究姿勢がよくわかる。

日本初の女性物理学者である湯浅年子は、キュリー夫妻に憧れて、フランス政府給付留学生として、一九四〇年三月に渡仏した。彼女の詠んだ「幾年を　のぞみし国に　吾は来ぬ　巴里は近し　走りてゆかな」。この短歌はフランスのマルセイユに到着した時の感激を歌にしている。

物理学者の寺田寅彦は随筆家であり、歌人でもあった。新しいものに好奇心を持つ彼は、「するすると　すべりいでぬと　思ふ間に　見る間に空に　浮び出でたり」と詠んだ。大正七年にプロペラ飛行機が飛び立つ瞬間を詠んだ短歌である。

ＮＨＫ朝の連続テレビ小説『らんまん』のモデルとなった植物学者　牧野富太郎の『牧野富太郎自叙伝』を調べてみた。「われ思う　心の友に　むくいんと今こそ受けし　ふみのしるしを」と詠んでいる。そこには植物学研究者らしい、

個性的な性格が滲み出ている。さらに、「草を褥（しとね）に木の根を枕、花と恋して五十年」と詠んでいる。「雑草という草はない」という名言で知られているが、どんな植物にも固有の名前がある。それを無視して「雑草」とか「雑木林」などと、人間にとって要不要だけで分類するのは、おこがましいと主張した。さらに牧野が残したことばを紹介する。「好奇心を持ち、自分の興味を追求することは非常に重要である。新たな発見や知識は、世界をより深く理解するための貴重な道具となる。加えて、自然界は無限に広がる宝庫である。私たちが身の回りにある植物や生物に注意を向け、観察することで、その多様性や美しさに気づくことができる。」。この言葉は短歌や俳句を詠む心に通じていると私は思う。

以上述べてきたように、科学者の中には文学を好む人が多くいることは確かである。微生物学・分子生物学分野に身を置く私も、心の中を覗こうと、短歌創りに挑戦している。

【4】微生物学者としての私

植物に特化して探索した微生物、特に植物由来乳酸菌のつくる生物活性物質を予防医学に活用するための研究を進めている私が短歌を詠み始めたのは二〇二三年。これまでに詠んだ作品を以下に紹介する。

愛しき人・友人を想う詩

亡き父の　創る短歌の　輝きに　勇気をもらう　満開の梅

春うらら　そよ風に乗り　やってきた　笑顔が素敵な　愛しき人よ

若き日の　美術館での　思い出は　ダリの絵でなく　絵を観るあなた

地上から　消えゆくまでは　穏やかに　かの人想い　生きてゆくべし

磯延べの　砂に等しき　身にあれど　命の限り　夢追いかける

信頼に　足る友人に　なれるよう　銀河の星に　約束をした

愛犬の　決めた序列に　世帯主　妻より低く　残念無念

君が行く　科学の道を　照らすよう　満天の星に　頼んでおいた

君ならば　テニュアを取れるよ　大丈夫　次なる目標　探しておくれ

ＺＡＲＤの歌　揺れる想いを　聴くたびに　君の笑顔が　まぶしくひかる

満天の　星降る夜に　見た夢は　愛する妻と　娘のほほえみ

初恋の　人に似ている　君のため　千億の星に　幸せ託す

親友の　恋した女性に　初恋し　黙して過ぎた　青春時代

わが心に　春の嵐が　吹き抜ける　今度こそはと　想いを伝える

ポスターに　写った君の　横顔が　清楚な女優の　雰囲気している

君が好きと　言えなかったよ　中3生　淡き初恋に　胸しめつけられる

初恋の　人と似ている　あなた見て　わが青春が　脳裏に浮かぶ

春の日に　瞳閉じると　鮮やかに　あなたの姿　蘇ってくる

会いたいよ　ぜひ会いたいと　想いを馳せる　秋の深まり　あまりに寂しい

十年ぶりで　帰省して　知ったことは　恋した人の　若き死だった

晩秋に　神社の境内　散策す　父と一緒に　鈴虫さがし

ある秋に　あなたは震え　父死すと　辛かったねと　われ涙する

暖かな　風に吹かれて　涙ぐむ　桜の花が　散る季節には
人想う　心の中を覗いたら　ダイヤモンドが　光っていた
ふる里の　話をしたよ　お互いに　少年時代は　純粋だった

妻を想う詩

さみしいよ　妻がいないと　さみしいよ　こんな想いは　言葉にできず
洋服は　ワンピースがいいと　言う妻に　誕生日には　贈ってあげる
犬と行く　散歩の好きな　わが妻は　途中のできごと　夢中で話す
母が言う　幸子の幸は　良き名前　わが妻の名は　幸子と言うよ

六月の　雨に打たれて　散歩する　犬を抱えて　ずぶぬれの妻

ふる里は　大好きだよと　妻が言う　優しい言葉に　心がなごむ

青空を　ずっと見上げる　人がいる　笑顔が素敵で　清楚な妻が

長い髪　小枝のような　細い女性（ひと）　倒れないよう　支えて生きる

毎日を　好奇心を持ち　生きる我　夢中になって　妻大笑い

あの雲は　ともに見上げた　いわし雲　妻の笑顔が　まぶしく光る

自分を詠んだ詩

サスペンス　映画の魅力は　最後には　正義が勝って　ハッピーエンド

春風に　吹かれて進む　自転車は　短歌を創る　爽やかな場所

職場には　自転車乗って　通ってる　途中で浮かんだ　短歌をメモる

春風が　清しい香りを　連れてきた　不安やストレス　吹き飛んでゆく

メモ帳を　片手に持って　乗ったバス　短歌づくりの　資料でいっぱい

おのれには　まだまだ知らない　ことばかり　頭のなかは　好奇心なり

春なのに　人生回廊　トボトボと　歩きながらも　たまに立ち止まる

年老いて　毎日を生きるは　辛いもの　心をなごます　人への想い

眠れない　眠らないのは　おみくじに　書いてあったよ　勉学に励め

勉学は　己を強くし　人生の　選択肢をも　増やす道具だ

歳重ね　どう生きるかは　重要な　課題であるが　決心つかず

秋の空　満天の星　風かおる　わがふる里で　英気を養う

頼まれごと　怒涛の如く　やってくる　断らないから　寝不足続く

白髪が　増えたわが身の　情けなさ　生きるがための　夢を探す

老いるとは　終末でなく　出発だ　歳を重ねて　豊かに生きる

わが心　砥石用いて　人のため　磨いて生きて　幸せもらう

古希迎え　生まれたわけを　知りたいが　長く生きるを　信条とせず

バイオリン　レッスン初日　先生言った　音を出すより　力を抜けと

何ごとも　歳追うごとに　難しい　それにもめげず　取り組んでゆく

人のため　世のため励む　人みれば　同じ道を　生きて行きたい

行く末を　案ずるなかれと　心に留める　われは誓うよ　輝く星に

夏休み　父とつくった　作品は　見事受賞の　思い出つくる

生まれた日　例え一日　早ければ　尊敬せよと　母から聞いた

わが娘　研究したくて　ボストンへ　見守ってくれと　星に頼んだ

パスツール　わが目標の　科学者に　尊敬の念　抱いて生きる

知的なる　好奇心のドア　開けながら　科学の道を　まっすぐ進む

文脈を　端折って話すは　良いことか　心の扉を　開けるためなのか

どうしても　好きになれない　人がいる　権力奮って　威張る人たち

突然の　雷鳴とどろき　気が付いた　あなたの想い　大切にする

懐かしの　パリに降り立つ　再計画　昔の夢を　思い出すため

春の日に　ほんわか日差しが　射してきた　わが家の犬は　瞳を閉じる

この道は　科学の道かと　問われたよ　ああそうだよと　娘に伝える

生きてきた　証ですと　残す詩　わが人生の　集大成に

科学者の　めざすところは　真実だ　好奇心持ち　課題を探す

派遣され　五月雨月に　渡仏した　成果を得るまで　帰国はせずと

帰国して　エディットピアフを　聴くたびに　パリでの辛さ　懐かしくなる

好奇心　探求心が　強い人　ストレス受ける　確率たかし

寂しさの詩

猛暑の日　車いすに乗った　老人が　汗流しつつ　坂道上る

寒い朝　サイレン鳴らす　救急車　思い出したよ　緊急入院

ひざ痛く　大学病院　訪れた　溢れる患者に　世の様（さま）を見た

年賀状　来年からは　やめるよと　書かれた文章　寂しさ募る
年賀状　出す目的は　生存を　知らせるためだが　枚数減ってく
寒い朝　サイレン鳴らした　救急車　戦慄走る　無事を祈る
前よりも　体は自由に　動かない　それでも心は　とっても自由

自然を詠んだ詩

ビッグバン　銀河の誕生　陽（ひ）の光　瑠璃色の星に　願いを込める
宇宙の　爆発きっかけで　生命体の　出現許す
久しぶりに　出逢った友は　白い髪　それ見ただけで　苦労を知った

夕方の　西空に輝く　星の名は　平和の女神　ビーナス（金星）である

六月の　雨に打たれた　アジサイは　輝く藍を　自慢している

夕立ちが　ブルースカイを　連れてきて　私の心を　爽やかにする

元旦に　激震災害　発生し　これから如何に　生きて行くのか

道端の　あざやか黄色の　タンポポが　一心不乱に　咲き誇ってる

春来ぬと　目には清かに　見えねども　瑠璃色の光　地上に注ぐ

若者よ　選択できる　道多し　銀河に祈りつ　回答探す

日本には　すべてのものに　神宿る　信ずる人の　心は優しい

春風が　花粉を抱いて　やってくる　超特急で　過ぎ去ってくれ

桜咲く　並木の道に　吹く風が　花びら散らせ　卒業祝う

タンポポの　華やか黄色　春が来た　光を誘って　踊っているよ

宇宙ができた　謎が解れば　判るかも　人の存在　生きる意味とは

桜咲き　爽やかな香り　連れてきた　不安を一掃　するかのように

梅蕾（うめつぼみ）　開花する朝　春風が　希望と幸せ　運んでくれる

春風に　長い黒髪　なびかせて　若い女性を　笑顔にさせる

春風が　花の香りを　連れてきて　心の不安を　一掃したよ

鈴虫の　卵を買って　秋を待つ　鳴き声聞きつつ　故郷想う

シラサギの　遊ぶ水面（みなも）に　反射した　春の光が　幸せ運ぶ

クローバー　花の開花を　待ち望む　幸せ求めて　四つ葉をさがす

明け方に　東の空に　輝く星は　明けの明星　希望の星だ

暮れなずむ　野に咲く花に　ほのぼのと　小さな幸せ　春風運ぶ

現代社会を詠んだ詩

無責任　誹謗中傷する人を　どう教育するか　思案すべし

よく聞くよ　美人過ぎると　言う言葉　どう考えても　その意味わからず

春の日に　杖つく夫に　寄り添う妻の　明るい未来　祈っているよ

歩行者が　スマホに夢中で　前をみず　何見てんだと　怒鳴られている

若き人　前を見ずに　スマホ見る　挙句の果ては　自転車と当たる

前向きに　検討せねばと　言う議員　検討しますと　ハッキリ言えよ

勾配の　急な坂を　杖ついて　腰の曲がった　老婆がひとり

権力で　研究倫理を　無視する者は　道理がないので　痛い目をみる

倫理観　持たずに権力ふるう人　心の中は　デブリで満杯

何ごとも　気転きかせる　研究者　前例なしで　対応可能

学位記を　受け取る学生　晴れやかな　笑顔を見せて　壇上に行く

桜舞う　今日の良き日の　講堂に　博士の誕生　明るく陽がさす

車窓から　薄明りの街　眺めると　昼間と違って　悲しく映る

定年を　控えた教授　寂しげに　机の上を　磨いて去った

それでいい　それがいいよと　繰り返す　言葉で強い　意思を伝える

バスのなか　一つの席の譲り合い　若者立って　さらに空けたよ

現在は　訪問介護が　花盛り　介護ヘルパー　人材不足

わが国の　平均寿命は　世界一　次にめざすは　健康寿命

春うらら　百円ショップ　リニューアル　待ちかねた客　笑顔で並ぶ

枕詞を使って詠んだ私の短歌

ひさかたの　雲動きけり　夏の日に　若人集う　スポーツ大会

あかねさす　紫色の　キランソウ　地面に貼り付いて　咲き誇る

あしひきの　山に登れば　瀬戸内の　見渡す限り　青そして青

うつせみの　世を知りたいと　想うわれ　世と人のために　生きてきたのか

たらちねの　母いなければ　われ生きる　目的なるもの　見えなかった

くさまくら　旅にでかける　われなれど　ボストン訪問　妻と一緒に

父（雅号：杉山巡一浪）の詠んだ短歌

父の日に　孫のくれたる　爺の絵は　頬より両手　突きだしている

スカーフを　惜しげなく敷き　花の下　主婦らはしゃぎて　弁当開く

下校する　児らの一群に　孫の居て　畑打つ吾に　声かけて行く

母（千代子）の詠んだ短歌

いそがしく　働く子等の　幸福を　祈りつわが身の　可愛さにあり

もう昔　親にねだりし　内裏雛　かざらずひさし　しまいしままに

かしましく　蝉が鳴ける　夜明け頃　今日の熱さを　告げるが如く

十二月　二十八日　我生まれ　暮れに寝ていた　母の心は

九十を　過ぎたるわれも　主婦業を　果たすはこれも　人の道かと

いつの間に　九十一に　なりにけり　あの世のことが　見えかくれする

父の詠んだ俳句

桜舞ふ　真只なか乃　母校かな

夏帽子　風がめくりぬ　喜寿の貌

夏帽子　脱げば芝生の　影も脱ぐ

ささやかな　耘あり夏帽　かろやかに

若草の　湿りに鳩の　浮き沈み
花種の　塵とおぼしき　ものを蒔く
ささやかな　職あり余生　着ぶくれて
餌を撒けば　樹よりこぼるる　寒雀
新茶淹れ　空より大工　降ろしけり
鳥帰る　置かれしままの　子のギター
草の香を　吸いて草笛　吹きにけり
星涼し見えざる雲の流れけり

初もぎの　みかん仏壇　より薫る
はくれんの　百羽翔ぶごと　ひかりあふ
花仰ぐ　うなじすこやか　なる白さ
蝶ふたつ　もつれて宙を　かがやかす
造反を　してから椅子に　浅く掛け
春の雪　廃材置き場も　無垢として
父の名の一字を胸に　入学す
学帽を　耳で支へて　入学す

入学の　吾子人前に　押しゐ出す

風鈴の　南部の音を　仕舞ひけり

花の雨　ロダンの像をひた打てり

新茶揉む　指より緑　溢れけり

秋扇　京の香りを　たたみけり

お互いに　好きなことして　夏の夜

齢重ね　音静かなる　春隣

筆を持つ　指しなやかに春立ちぬ

学ぶこと　多き余生や　梅は実に

コスモスの　咲き放題を　抱き起す

母の詠んだ俳句

ヒヤシンス　花ふくらみて　匂ひけり

倒れ伏す　枝に鈴なり　柿うるる

命日の　子に好物の　ぶどう供（あ）げ

万両の　葉かげに赤い　実が並ぶ

今年また　節分迎え　豆いくつ

桃一つ　置いて帰りし　無口な子

父の詠んだ川柳

年金の　暮しに爪が　よくのびる

配転も　慰労の金も　ない内助

春うらら　妻の笑顔に　注視する

肩書が　とれて世間が　広くなり

打ち込める　職で肩こり　忘れてる

風見鶏　うるさい風には　ふり向かぬ

身に覚え　あって多弁に　なっている

第六章　和歌の選者への好奇心あれこれ

「ＮＨＫ短歌」のテキストを何気なく読んだ。三百号記念号は「涙をよむ」であった。自分の気持ちを歌に託して読み手に上手に伝えるには制御が必要だとのこと。「涙」という言葉は激しい感情と隣り合わせであるため、扱いが難しい。感情が余りにも溢れるとコントロールできないし、そうかと言って、感情を抑え過ぎると読み手に伝わらない。そこで事実を淡々と詠むか、状況を描かずに涙を別の言葉に置き換えるなどと助言があった。私的な意見を言えば、短歌にしても俳句にしても、和歌の創作は他人のためにするのではない。だから素直な気持ちで感情のはけ口として詠めば良いのではないだろうか。

歌人として活躍している俵万智は早稲田大学の文学部を卒業し、若い女性の恋心を軽やかに、かつ、みずみずしく詠った『サラダ記念日』（一九八七）で現代歌人協会賞を受賞している。破調を試みず、五・七・五・七・七の定数律の枠組みに収めながら、弾むような口語調の短歌を鮮やかに詠っている。俵万智さんが短歌人口を増した事実は高く評価されており、現代歌人のリーダーとして多くの人に愛されている。

最近、民放のテレビ番組で芸能人の詠んだ俳句を辛口で指南している夏井いつき。中学校の国語教師から俳人に転身した。「俳句は、十七音という短い言葉の連なりで表現するため、自分の内面を具体的に書くことなく、季語に自分の思いを託すことができる」とコメントしている。「楽しいことやうれしいことはもちろん、人生で直面するつらく哀しい出来事も、すべてが俳句の題材になる」と、夏井は語っている。「たとえば、正岡子規が病床で詠んだ句が代表作といわれるように、俳句はその時々の等身大の自分を映す鏡になる」と。さらに、「人間、生きていれば苦しいことや嫌なこともあります。でも、俳句づくりの楽しさを知ると、その苦しさすらも、俳句の種になる。季語や風景に自分自身の思いを託したり、代弁したりすることで、自分自身の置かれた環境や立場および感情を客観視することができ、気持ちがフッと楽になる。そして、それを誰かが読み、共感してくれたら、その苦しみを分かち合うこともできる。たった十七音でこうした心の交感ができる表現はほかにないのではないでしょうか?」と現代俳句の普及活動に夏井は尽力している。この素敵な夏井先生の詠んだ俳句が載っていた。

「時鳥と　ほくに砂州の　くづれゆく（ほととぎす　とおくにさすの　くづれゆく）」の俳句から、季語は時鳥なので夏であることがわかる。ほととぎすが奇麗な声で鳴いている。その奇麗でよく通る声の遥か向こうでは、砂がくずれる音。ほととぎすの声の振動が空に伝わり、空の振動が海に伝わり、海の振動が砂州に伝わる。ここに存在するすべてのものは共鳴し合っている。俳句は季語を用いる。つまり、俳句には必ず季節があるということ。四季の移ろい豊かな日本の風景が句を通してみえてくる。（短歌や俳句を詠むことで小さな気付きや感動を日常に取り入れることができ、見方が変わることで人生が豊かになる。そのために、私自身、言葉の使い方と言葉にこだわりたいと思う。夏井が俳句の指導をするテレビ番組で女優の森口遥さんが「ふわっと　ふらここ　水平になる午前」と詠んだ。この俳句の季語は何なのか調べてみたら、「ふらここ」だった。この言葉でぶらんこは春を表す季語である。ぶらんこと呼ぶよりも可愛らしく、上品な空気を纏った俳句である。夏井いわく、森口さんの俳句は体感的描写がすばらしいと褒めていた。

私の好きな歌手はＺＡＲＤのメインボーカリストの坂井泉水である。残念ながら亡くなってしまったが、十六年の音楽活動で作詞したのは一五五曲に及ぶという。「私はいつも言葉と歌詞を大切にしてきました」と述べていたように、誰もが経験し、感じた情景を平易な言葉で表現し、人を励ます楽曲を世に送り出してきた。石川啄木の歌集『一握の砂』に収められた「**友がみな　われよりえらく見ゆる日よ　花を買ひ来て　妻としたしむ**」に似た一節が、ＺＡＲＤの『君がいたから』の歌詞のなかにあり　石川啄木の影響を強く受けていると感じた。

また、『負けないで』の歌詞の語尾に「でしょ」、「ね」、「わ」などの語尾がある。その歌詞は、「もう少し　最後まで　走り抜けて　どんなに　離れてても　心はそばにいるわ　追いかけて　遥かな夢を」である。このなかの「走り抜けて」「追いかけて」と、フレーズの語尾に、「て」で止めるところに特徴がある。

若山牧水（一八八五―一九二八）は自然を愛した歌人である。生涯で九千首の短歌、いや秀歌を詠んだ。牧水は旅するなかで出合った人たちや自然環境にあこがれ、その出合いの中で歌を詠む歌人であった。牧水は中学生で文芸誌に短歌を投稿し始め、早稲田大学への進学を果してから、北原白秋と親交を深めた。本格的に文学の道を歩み始めたのは大学三年生のときで、中国地方を旅しながら岡山県哲西町で詠んだ。牧水の代表歌は「幾山河　越えさり行かば　寂しさの　はてなむ國ぞ　今日も旅ゆく」、「白鳥は　哀しからずや　空の青海のあをにも　染まずただよふ」。まさに青春歌の双璧と言える代表歌である。若者はなぜ旅をするのか。そして、何に恋い焦がれているか。当時の生活環境を離れ、旅をする心を歌っている。

「うす紅に　葉はいち早く　萌え出でて咲かむとすなり　山桜花」は、大正十一年三月、牧水は山桜の歌を創りたいと、伊豆湯ヶ島に三週間程度滞在して詠んだ歌だ。

自分の死とか愛する人との別離を予感したとき、人間は無意識のうちに大切な言葉を探し、短い言葉に万感の想いを込める。人生の最期に、これまで言えなかった言葉を伝える人もいれば、言葉にできぬ想いを胸に閉じ込めてしまう人もいる。秋になるとキンモクセイの香りが漂ってくる昼下りに、折々の時に「言いそびれたる大切な言葉」は、切ない痛みをもって蘇る。生前に父に言えなかった言葉を母や父に伝えよう。さらに、偶然あるいは必然的に理解し合い、波長の合った友人や妻に心からの愛と感謝を自分の言葉で伝えたいと私は思う。和歌を学んで、言葉の大切さを知った。

第七章　懐かしの唱歌と和歌と定型詩

朝日歌壇の選者で、文化功労者でもある「馬場あき子」さんが「櫻」の単語を含んだ短歌を詠んでいる。「さくら花　幾春かけて　老いゆかん　身に水流の音ひびくなり」。桜の花は、どれだけの春を重ねて老いてゆくのだろうか。みずからの老いを意識しながら眺めているときに、水の流れる音に気づいたさまを詠ったのであろう。言ってみれば、幾春をも重ねて桜を見続けた歌である。『身』とは桜のことである。『サラダ記念日』に収載された俵万智さんも詠んだ桜。「散るという飛翔のかたち　花びらは　ふと微笑んで　枝を離れる」。充実した時間を過ごすと充実感が訪れ微笑みさえ浮かぶ。微笑んだ桜の花弁がひらひらと舞いながら離れてゆく。花が散った後は、次の年も桜の木は満開となる。

国文学者　佐佐木信綱の詠んだ歌

明治五（一八七二）年生まれの佐佐木信綱は、父の指導の下で四歳にして万葉集と古今和歌集を読んだという。一八八四年に東京帝国大学文学部古典科に入学し、一八八八年に卒業してから、生涯にわたって文筆活動を行った（享年九一歳）。信綱は、与謝野鉄幹や正岡子規に続いて新風を起こした人物で、機関誌『心の花』を創刊したほか、多くの歌人を育てており、柳原白蓮を門下生に持った。これまで多くの国民が歌ってきた文部省唱歌『夏は来ぬ』の歌詞は佐佐木信綱の作品である。歌詞のなかに旧暦の卯月と皐月の風光がみごとに詠み込まれ、卯の花（ウツギ）、ホトトギス、早乙女、五月雨など、初夏を美しく表現している。ちなみに、五月晴れと言えば、新暦の五月の初夏のさわやかな晴天を連想するが、実際には旧暦の五月（現在の六月）の梅雨の晴れ間のことを言う。芭蕉の俳句「**五月雨を集めて早し最上川**」は、梅雨の時期の長雨で増水している様子を詠んでいるが、その後は必ず梅雨も終わる。ただしこの俳句の季節感が現在のそれとはズレが生じているのは明らかだ。科学者いわく、季節が変化するのは、地球が自転軸を23・4度傾けたまま公転するからである。立秋の八月八日の翌日から気温は下がってくるはずだが、暑さはずっと主役。近年、暦の上の季節と実際の季節のズレが大きくなり、季語を入れて詠む俳句の創作に悩んでしまう。

文部省唱歌『夏は来ぬ』（作詞　佐佐木信綱）

卯（う）の花の　匂う垣根に
時鳥（ほととぎす）　早も来鳴きて
忍音（しのびね）もらす　夏は来ぬ

さみだれの　そそぐ山田に
早乙女（さおとめ）が　裳裾（もすそ）ぬらして
玉苗（たまなえ）植うる　夏は来ぬ

橘の　薫るのきばの
窓近く　蛍飛びかい
おこたり諌むる　夏は来ぬ

棟（おうち）ちる　川べの宿の
門（かど）遠く　水鶏（くいな）声して
夕月すずしき　夏は来ぬ

五月（さつき）やみ　蛍飛びかい
水鶏（くいな）鳴き　卯の花咲きて
早苗植えわたす　夏は来ぬ

私が素晴らしいと感じる歌詞とメロディの楽曲を挙げるとすれば、『椰子の実』と『野に咲く花のように』である。後者の曲は夫婦デュオのダ・カーポによって歌われている。

『椰子の実』（作詞　島崎藤村）

島崎藤村は、今から一四〇年ほど前の明治時代に、長野県の馬籠に生まれた。〝まだあげそめし前髪の〟という詩「初恋」が収められた『若菜集』の詩人として登場、〝小諸なる古城のほとり／雲白く遊子悲しむ〟の「千曲川旅情の歌」などが収められている第四詩集『落梅集』を出版した。その後、詩から決別し小説家へと転身した。藤村の長編小説「破戒」は日本自然主義文学の作品として高い評価を得た。

日本人ならよく知っている唱歌『椰子の実』は藤村が二十九歳のときに発表した詩集『落梅集』に収められている。この『椰子の実』の舞台は、愛知県渥美半島の先にある伊良湖岬である。ところが、藤村は伊良湖岬には行ったことはなかった。この詩集については藤村の友人である民俗学者　柳田国男の話が関わっているようだ。実際に、伊良湖岬で海岸に流れ着いた椰子の実の話は、柳田が書いた『海上の道』という本に記載されている。「風のやや強かった次の朝などに、流れ着いた椰子の実を見たことがある。どのあたりの沖の小島から海に浮かんでいたのかは今でもわからぬが、ともかくも遥かなる波を越えて、…この浜辺まで、渡ってきていることが私には大きな驚（おどろ）きであった」と柳田は書いている。藤村にこの話をしたことが、『椰子の実』が生まれた結果となった。この作品は和歌の形式で詠まれている。小学生の時は合唱部にいたのでよく歌ったものだ。

名も知らぬ　遠き島より

流れ寄る　椰子の実一つ
故郷（ふるさと）の岸を　離れて
汝（なれ）はそも　波に幾月（いくつき）
旧（もと）の木は　生（お）いや茂れる
枝はなお　影をやなせる
われもまた　渚（なぎさ）を枕
孤身（ひとりみ）の　浮寝（うきね）の旅ぞ
実をとりて　胸にあつれば
新（あらた）なり　流離（りゅうり）の憂（うれい）
海の日の　沈むを見れば
激（たぎ）り落つ　異郷（いきょう）の涙
思いやる　八重（やえ）の汐々（しおじお）
いずれの日にか　国に帰らん

藤村は文学の新境地を開拓すべく、大正二（一九一三）年、フランスに渡航する。

大正五年に帰国すると、大正二年から父・島崎正樹をモデルにした『夜明け前』を執筆し、昭和四年から昭和十年にかけて『中央公論』に連載された。

ちなみに、昭和十年十一月、日本ペンクラブが結成され、藤村は初代会長に就任した。昭和十六年に神奈川県大磯町に移住し、『夜明け前』の続編『東方の門』に着手するが、昭和十八年に脳溢血のため大磯の自宅で逝去した（享年七二歳）。

『荒城の月』（作詞　土井晩翠　作曲　瀧廉太郎）

春高楼の　花の宴　めぐる盃　かげさして
千代の松が枝　わけいでし　昔の光　今何處
秋陣營の　霜の色　鳴き行く雁の　数見せて
植うる劍に　照りそひし　昔の光　今何處
今荒城の　夜半の月　替わらぬ光　誰がためぞ
垣に殘るは　ただかつら　松に歌ふは　ただあらし
天上影は　替らねど　榮枯は移る　世の姿
寫さんとてか　今もなほ　嗚呼荒城の　夜半の月

この詩は「荒城の月」で土井晩翠が作詞した。作曲は瀧廉太郎である。土井晩翠（どいばんすい　一八七一年生まれ）は英文学者で詩人でもあった。本名は土井林吉（つちいりんきち）。東京帝国大学英文科を卒業した。詩人として初めて文化勲章を受章した。一九五二年に急性肺炎を患い逝去した。晩翠の書いた荒城の月は、男性的な漢詩調の詩風で、女性的な詩風の島崎藤村と並んで「藤晩時代」と称された。

一般的に詩はリズムを持っている。万葉集に出てくる五七調の歌は堅苦しい感じになるが、明治時代につくられた軍歌や校歌は七五調が多い。現在の校歌も七五調が多くみられる。晩翠が作詞した『荒城の月』は七五調の歌詞である。

桜が満開の城で宴会が行われ、皆に回される盃に月の光が射している。幾年も経た松の枝の間から差し込んで、栄華を極めた光は何処へ行ってしまったのか。秋、かつて戦いが行われたこの場所に霜が降りて、雁が鳴いて去って行く。木々のように刺さっていた剣を照らしていた、かつての光は何処へ行ってしまったのだろうか。今も昔も変わらない荒城を照らす夜中の月は誰のためか。石垣に残るのは葛だけ、松に歌いかけるのは風だけなのに。

天上の世界は変わらないけど、人の世は移ろいゆく。それを写そうとして今もなお、荒城の夜中の月。瀧廉太郎が作曲した『花』の作詞は武島羽衣（たけしまはごろも）である。本名は武島又次郎、明治五年に東京日本橋で生まれ、東京帝国大学在学中から詩人としての才能が注目されていた。明治三十年）に東京音楽学校（現在の東京藝術大学）の教員となった。瀧廉太郎とは東京音楽学校で同僚だった。武島羽衣が明治三十三年に発表した作品が『花』であり、七五調で書かれている。

『花』（作詞　武島羽衣　　作曲　瀧廉太郎）

春のうららの　隅田川
のぼりくだりの　船人が
櫂のしずくも　花と散る
ながめを何に　たとうべき

見ずやあけぼの　露あびて
われにもの言う　桜木を
見ずや夕暮れ　手をのべて

われさしまねく　青柳を

にしきおりなす　長堤に
暮るればのぼる　おぼろ月
げに一刻も　千金の
ながめを何に　たとうべき

喜納昌吉が作詞作曲した『花』副題『すべての人の心に花を』

『花』（作詞　喜納昌吉）
川は流れて　どこどこ行くの
人も流れて　どこどこ行くの
そんな流れが　付く頃には
花として花として　咲かせてあげたい
泣きなさい　笑いなさい
いつの日か　いつの日か　花を咲かそうよ

涙流れて　どこどこ行くの
愛も流れて　どこどこ行くの
そんな流れを　このうちに
花として花として　迎えてあげたい
泣きなさい　笑いなさい
いつの日か　いつの日か　花を咲かそうよ
花は花として　笑いもできる
人は人として　涙も流す
それが自然の　唄なのさ
心の中に　心の中に　花を咲かそうよ
泣きなさい　笑いなさい
いついつまでも　いついつまでも　花を掴もうよ

（日本音楽著作権協会（出）許諾第 2407446-401 号）

「泣きなさい　笑いなさい」という歌詞には絶望の後の希望がある。「人は　人として　涙を流す」や「花は花として　笑いもできる」は心のなかを覗いた素晴らしい歌詞だ。

「七里ヶ浜のいそ伝い　稲村ヶ崎 名将の　剣投ぜし古戦場」との歌い出しで有名な文部省唱歌『鎌倉』である。この歌詞は東京帝国大学教授　芳賀矢一（国文学）によって書かれた七五調の短歌である。歌詞に登場する情景には、鎌倉の歴史がいくつも刻まれている。新田義貞は倒幕の行動を起こした後醍醐天皇に呼応し、鎌倉幕府を倒幕すべく戦った。義貞は、鎌倉を西側の七里ヶ浜沿いから攻めようと思ったが、稲村ヶ崎という断崖の半島部があり、波打ち際が狭く、大軍を進めるのは難しかった。しかも、海上には北条氏の軍船が待ち受けており、無理して進軍しても海から攻撃されてしまう。義貞は岬に立ち、「潮を万里の沖に退け、道を開かしめ給え」と、龍神に祈りを捧げ、自分の剣を海に投げ入れた。すると潮が引き、軍隊が通ることができる砂浜が現れた。これが「稲村ヶ崎　名将の剣投ぜし古戦場」という詩の由来である。義貞の大軍が鎌倉に攻め入り、北条一族は集団自決、鎌倉幕府は滅んだ。

文部省唱歌『鎌倉』（作詞　芳賀矢一）

七里ヶ浜の　いそ伝い　稲村ヶ崎　名将の
剣（つるぎ）投せし　古戦場

極楽寺坂　越え行けば　長谷観音の　堂近く
露坐（ろざ）の大仏　おわします

由比の浜べを　右に見て　雪の下道　過行けば
八幡宮の　御社（おんやしろ）

上る矢右の　きざはしの　左に高き大銀杏
問わばや遠き　世々の跡

若宮堂の　舞の袖　しずのおだまき　くりかえし
かえせし人を　しのびつつ

鎌倉宮に　もうでては　尽きせぬ親王（みこ）のみうらみに
悲憤の涙わきぬべし
歴史は長き　七百年　興亡すべて　ゆめに似て
英雄墓は　こけ蒸しぬ
建長円覚　古寺の　山門高き　松風に
昔の音や　こもるらん

（日本音楽著作権協会（出）許諾第 2407446-401 号）

日本語表現のリズムとして、五七五（俳句）や五七五七七（短歌）がすぐに浮かぶし、七五調や五七調などの定型詩もある。これを韻律と言い、重々しくおごそかな感じをあたえる。日本語表現には、五音と七音との繰り返しの音数律が多い。その他の音数の繰り返しも勿論ある。

『船頭小唄』（作詞　野口雨情　作曲　中山晋平）

おれは河原の 枯すすき　七五
おなじお前も 枯すすき　七五
どうせ二人は この世では　七五
花の咲かない 枯すすき　七五

死ぬも生きるも ねえお前　七五
水の流れに なに変ろ　七五
おれもお前も 利根川の　七五
船の船頭で 暮そうよ　七五

『この広い野原いっぱい』（作詞　小薗江圭子　作曲　森山良子）

この広い　野原いっぱい　咲く花を　五七五
ひとつ残らず　あなたにあげる　七七
赤いリボンの　花束にして　七七

この広い　夜空いっぱい　咲く星を　　五七五
ひとつ残らず　あなたにあげる　　七七
虹に輝く　ガラスにつめて　　七七

この広い　海いっぱい　咲く舟を　　五七五
ひとつ残らず　あなたにあげる　　七七
青い帆に　イニシャルつけて　　五七

（日本音楽著作権協会（出）許諾第2407446-401号）

天使の歌声の持ち主である森山良子さんが歌うと、美しい少女と共に広い野原を散策している僕に少女は花籠いっぱいまで花を摘み、それを赤いリボンの花束にして僕にプレゼントしてくれるとの想いがひしひしと伝わってくる。

『青春の城下町』（作詞　西沢爽　作曲　遠藤実）

流れる雲よ　城山に　　七五
のぼれば見える　君の家　　七五

灯りが窓に　ともるまで　　　　七五
見つめていたっけ　逢いたくて　七五
ああ青春の　思い出は　　　　　七五

（日本音楽著作権協会（出）許諾第 2407446-401 号）

と続く歌謡曲の歌詞も七五調でつくられた定型詩である。この歌詞を読んだり、楽曲を聴いたりすると、青春の思い出は誰にとっても甘くてほろ苦いもの。同じ経験はしていなくとも、あのころ胸を痛めた感情が甦ってくる。

次の詩は七五調でも五七調でもないが、心に沁みる詩である。歌詞では、具体的な花の名前はあげられていない。それがいいのかも知れない。タンポポ、スミレ、菜の花、百合、秋桜など、人それぞれ故郷が違うように、「野に咲く花」の種類に多彩なイメージを抱くであろう。野に咲く花は、雨にも風にも負けずに、逞しく清らかに咲く「野の花」をそれぞれの人の心のなかに持っているのではないだろうか。人が見ていようが、見ていまいが、「野の花」は、根を下ろしたその場所で、根を張り、葉を広げ、そして可憐な花を咲かせる。目立たぬ小道に咲く花もある。自身はこの歌「野に咲く花」のような生き方、周りの人を爽やかにし、穏やかにさせるような生き方をしたい。私の心を自身で「**世のために　人のためにと　願うわれ　地球に生きた　証を残す**」と読んでみた。

『野に咲く花のように』（作詞　杉山政美　　作曲　小林亜星）

野に咲く　花のように
風に吹かれて　野に咲く
花のように　人を爽やかにして

そんな風に　僕達も
生きてゆけたら すばらしい
時には暗い人生も

トンネルぬければ　夏の海
そんな時こそ野の花の
けなげな心を　知るのです

この歌詞の主役は道端に咲く名もない花。ひっそりと生きている花。人間も同じだと暗示させる。

私は、この歌詞を基にして、**「鈴蘭の　咲く道端に　見つけた　名もない花が息づくごとく」**と詠んだ。

「野に咲く花」が出てきたので、つぎに『野菊』を紹介したい。一九四二年に創られた文部省唱歌で七五調の定型詩である。小学生のころ合唱部にいて、みんなで文部省唱歌を歌って楽しんだものだった。この歌詞に出てくる薄紫の野菊としては道端でかつてよく見かけた「ヨメナ」かも知れない。

『野菊』（作詞　石森延男　作曲　下総皖一）

遠い山から　吹いて来る
小寒い風に　ゆれながら
けだかくきよく　匂う花

きれいな野菊　うすむらさきよ
秋の日ざしを　あびてとぶ
とんぼをかろく　休ませて
しずかに咲いた　野辺の花
やさしい野菊　うすむらさきよ

霜が降りても　まけないで
野原や山に　むれて咲き
秋のなごりを　おしむ花
あかるい野菊　うすむらさきよ

（日本音楽著作権協会（出）許諾第 2407446-401 号）

石川啄木の詠った歌集『悲しき玩具』のなかには「**眼閉づれど、心にうかぶ何もなし　さびしくも、また、眼をあけるかな**」という歌がある。これを本歌取りして作った楽曲が谷村新司の『昴』である。

『昴』（作詞・作曲　谷村新司）

目を閉じて何も見えず　哀しくて目を開ければ
荒野に向かう道より　他に見えるものはなし
ああ砕け散る宿命の星たちよ
せめて密やかにこの身を照らせよ
我は行く　蒼白き頬のままで
我は行く　さらば昴よ

呼吸をすれば胸の中　凩は吠き続ける
されどわが胸は熱く　夢を追い続けるなり
ああ　さんざめく　名も無き星たちよ
せめて鮮やかに　その身を終われよ
我も行く　心の命ずるままに
我も行く　さらば昴よ

ああ　いつの日か誰かがこの道を
ああ　いつの日か誰かがこの道を
我は行く　蒼白き頬のままで
我は行く　さらば昴よ
我は行く　さらば昴よ

（日本音楽著作権協会（出）許諾第2407446-401号）

ちなみに、「昴」はプレアデス星団（おうし座の一部を形成）である。肉眼でも観測できるので昔から多くの人々に親しまれてきた。昴は「古事記」、「万葉集」及び「枕草子」にも登場する。

一方、万葉集に収載されている「防人の歌」

「いさなとり
海や死にする
山や死にする

死ぬれこそ
海は潮干（しほひ）て
山は枯れすれ」

を素材にしてできた作品が、さだまさしの『防人の詩』である。

『防人の詩』（作詞・作曲　さだまさし）

教えて下さい
この世に生きとし生けるもの
すべての生命に限りがあるのならば
海は死にますか　山は死にますか
風はどうですか　海はどうですか
空もそうですか

（日本音楽著作権協会（出）許諾第 2407446-401 号）

さだまさしの描く作品は魅力的である。素晴らしい詩は、いつも人を惹きつける何かがある。多くの人の心のなかに長く残るものがある。亡くなった人の想い出を歌い、哀しくも温かい『精霊流し』、思わず微笑んでしまう『関白宣言』などがある。加えて、メロディを聴いただけで雄大な北海道が脳裏に浮かぶ『北の国から』など、多くの人たちが知っている曲を生み出してきた。その一瞬に湧き上がる想いが丁寧に表現されている「さだまさし」の歌には、時空を超え、聴く人の心のなかに大切な何かを思い出させるものがある。言語感覚には個人差があり、かつ、言い回しは時代によって変化する。これは和歌づくりにも当てはまると言える。

日本の国歌は『君が代』であり、国民の誰もが知っている。この歌は醍醐天皇の勅命により九〇五年に奏上された『古今和歌集』に収載されている祝典歌で、既に一〇〇〇年以上も歌われ続けている。「**君が代は　千代に八千代に　さざれ石の　いわおとなりて　こけのむすまで**」は、五・七・五・七・七形式で、短歌であることがわかる。『君が代』の歌詞の原歌は、今から一一〇〇年ほど前に編まれた『古今和歌集』に見られ、それがやがて今日の形となり、全国に広まって多くの人々に親しまれてきた。

この和歌は、尊敬する「君」の長寿を心から祈るもので、思いやりや謙虚さを大切にしてきた日本人の生き方を表現している。国歌『君が代』の「君」は、天皇陛下のことを指し、「君が代」は、天皇さまに象徴される日本国・国民全体を指す。そして、さざれ石（小さな石）が大きな岩となり、それに苔が生えるほど末永く、日本の国が平和であり、豊かになってほしいとの願いがこめられている。

最後にフランスで詠まれたソネットを紹介しよう。ロンサールはフランス文学の伝統にソネットを加えた詩人で、フランス語の特性を盛り込んで、フランスらしいソネットを創作した。カトランと呼ばれる四行からなる詩を二つ続けた後、三行詩を二行、ないしは六行詩をひとつ付加した。それに加え、押韻の数を減らして韻律に有機的なつながりを持たせるとともに、一行を十音節で構成することにした。その例を示す。

Les Amours de Cassandre:

Je voudrais bien richement jaunissant
En pluie d'or goutte a goutte descendre
Dans le beau sein de ma belle Cassandre,
Lors qu'en ses yeux le somme va glissant.

Je voudrais bien en taureau blanchissant
Me transformer pour finement la prendre,
Quand en avril par l'herbe la plus tendre
Elle va, fleur, mille fleurs ravissant.

Je voudrais bien alleger ma peine,
Etre un Narcisse, et elle une fontaine,
Pour m'y plonger une nuit a sejour ;

Et voudrais bien que cette nuit encore
Durat toujours sans que jamais l'Aurore
Pour m'eveiller ne rallumat le jour.

「願わくは(Je voudrais bien)」ロンサールによる「カサンドラのソネット」

和訳　壺齋散人

願わくは　黄金の雨のように
黄色い雫となって滴り落ち
美しいカサンドラの胸を濡らさんことを
彼女の瞳にしのび行く眠りのように

願わくは　純白の牛となって
彼女を我が背に乗せ
緑なす四月の草原の
花の中を歩まんことを

願わくは　恍惚のナルシスとなって
彼女の化身たる泉の面に
我が姿を映さしめんことを

また願わくは　この夜が終わることなく
オーロラの光りあせることなく
我が眠りの覚めざらんことを

音数や文字数に一定の形式がなく、音韻を踏むこともしない、言い換えれば、押韻や韻律に捉われず、自由形式で書かれた詩「自由詩」と呼ぶ。自由詩を詠む詩人は明治以降に現れた。島崎藤村、北原白秋、中原中也、宮沢賢治などである。昭和初期に活躍し、二十四歳の若さで急逝した「立原道造」もそうである。リルケによる「**オルフォイスへのソネット**」や新古今集を通じて学んだ立原は、東京帝国大学・建築科を卒業し、音楽性を意識しながら、ソネット形式の詩を書いている。その一つを以下に紹介しよう。

「のちのおもひに」　立原道造

夢はいつもかへつて行つた　山の麓のさびしい村に
水引草に風が立ち

草ひばりのうたひやまない
しづまりかへつた午さがりの林道を

うららかに青い空には陽がてり　火山は眠つてゐた
そして私は
見て来たものを　島々を　波を　岬を　日光月光を
だれもきいてゐないと知りながら　語りつづけた……

夢は　そのさきには　もうゆかない
何もかも　忘れ果てようとおもひ
忘れつくしたことさへ　忘れてしまつたときには
夢は　真冬の追憶のうちに凍るであらう
そして　それは戸をあけて　寂寥のなかに
星くづにてらされた道を過ぎ去るであらう

第八章　おみくじと和歌

大晦日に除夜の鐘を聴いて新年を迎える。新年といえば初詣、初詣といえばおみくじを引く。毎年、どきどきしながらおみくじを引き、吉凶を見て一喜一憂している。初詣は松の内までにする。神社にいる神様が滞在する期間が松の内である。家の前に門松を立てておく期間でもある。本来は一月十五日までだが、関東では一月七日までに短縮されている。関西や私の住んでいる広島では通常通り、十五日となっている。どうもおみくじを引くには作法があるようだ。漫然と引くのではなく、何か一つの願掛けをしてから、雑念なく真摯な気持ちで引くことが大切なようだ。おみくじの結果は、その願いが叶うまでの期間なので、おみくじの期限は、願いごとが叶うまでということ。おみくじを引く前には、先に拝殿に参拝をしてから。神様に挨拶なしでは失礼である。饒津神社（にぎつじんじゃ）は、私の住んでいる広島市東区にある。浅野長政、幸長、長晟を祭っている由緒ある神社である。その神社に参拝した後、必ずおみくじを引いてから帰る。二〇二四年に引いたおみくじにも和歌が書いてある。「いそしみし　しるしはみえて　ゆたかにも黄金　なみよる小山田のさと」。このおみくじは大吉で「のぞみのままですが、勉学に勤しみなさい」と書かれていた。その前の年のおみくじに書かれていた短歌は「もえ出ずる　若葉の色ぞ　美しき　花さき実る　末も見えつつ」であった。この年は末吉であり、「勉学は目標をたて全力を尽くせ」であった。ちなみに、私は午前三時には起きて研究に関する資料を作成しているので、おみくじの内容にはショックを禁じ得ない。

成蹊大学の平野多恵先生によると、おみくじには、「和歌のおみくじ」と「漢詩のおみくじ」があるとのこと。日本の神は和歌でお告げをしたと言われている。おみくじを「和歌で読む」というのはどういうことなのか。そもそも和歌が神様のお告げだというのはどういうことなのかという疑問は残る。漢詩のおみくじは江戸時代に流行しており、現在と違って神仏習合でお坊さんが神社を担当していたり、お寺の中に神社があったりしていた。ところが、明治時代に神仏分離が政府から言い渡され、神社は寺と違うものを扱うようになった。そんなことから、神社で和歌を載せたおみくじを扱うことになったのは明治時代の中期からであった。おみくじを引くのも偶然性を期待して「大吉」を引きたいと思う人は多い。言ってみれば、人間には占いを楽しみとする人がいる。どんな占いであろうと、偶然性が付きまとう。コインを投げて、表が出るか裏が出るかは偶然だから、コイン投げで占いが成立する。いつも同じ面が出るように改造されたコインでは占いにならない。易であろうと、トランプ占いであろうと、おみくじであろうと、人為的に行うことで偶然性が損なわれては占いにならない。占星術や四柱推命などのように、生年月日によって占うものがあるが、生年月日は、時間が偶然だという認識のもとで占いが成立するのであり、姓名判断も、親が名前をつけたとき、画数など考えずに決めれば占いができる。画数を計算して名づけたら、もはや占いの対象にはならない。占うことは、人の心を理解する機会となるかも知れない。占いの『うら』には、『心』という意味がある。物事には表と裏があり、裏は見えない。心のなかは目にみえない。したがって、『占う』ことは、裏に隠されたものを表にする行為となる。かつて詠まれた和歌が、時空を超えて現代の私たちの心に響く。

開運おみくじのなかに、大伴家持の詠んだ「鵲の　渡せる橋に　置く霜の　白きを見れば　夜ぞふけにける」がある。百人一首のなかの有名な一首である。鵲（カササギ）が渡したという橋に置いた霜が真っ白になっているのを見ると、夜もふけたのだろうと謳っている。ちなみに、このおみくじは「吉」。菅原道真が詠んだ、京都の四条から大宰府に向けて出発する直前に詠んだとされる和歌「東風吹かば　にほひおこせよ　梅の花　あるじなしとて　春な忘れそ」もある。この和歌は、太宰府天満宮のおみくじの「第一番　大吉」に収載されている。おみくじと和歌とは切っても切れない関係がある。

毎年、除夜の鐘を聞いたあと、私は妻と共に近所の神社「饒津神社（にぎつじんじゃ）」に参拝し、帰り際に「おみくじ」を引いてから帰宅する。令和六年のおみくじに載っていた和歌は「**いそしみし　しるしはみえて　ゆたかにも　黄金（こがね）なみよる　小山田のさと**」であった。「することなすこと幸わいのたねとなる」と解説されていた。本年は「**大吉**」だったので、本書が刊行できたのかも知れない。

跋文

第一生命が公募した二〇二三年の「サラっと一句！わたしの川柳コンクール（旧称：サラリーマン川柳コンクール）」には合計六万七千句ほどが寄せられ、このうち優秀作品として選ばれた百句が発表された。物価高を嘆く句を詠んだ作品は今年も数多く選ばれたようだ。また、三十八年ぶりに日本シリーズで優勝した阪神タイガースの監督が言った「アレ」を使った句もあった。例えば、「業界のアレを目指せと我が上司」。流行語大賞で選ばれた言葉が、かなり人気のようだ。昭和六二年に始まり、今回で三二回目となったサラリーマン川柳を振り返ってみると、三〇年間の経済状況や人々の暮らしぶりの変化が見える。二〇二四年三月に小林製薬（株）の機能性食品（コレステヘルプ）を服用していた人々に腎傷害が起き、大きな話題となってしまった。流行語大賞になった言葉も川柳をよむ際の素材になりやすい。私は二〇二四年春に突如問題となった健康食品摂取の被害を受けて、「回収はこれステヘルプをする会社」という川柳を急遽詠んだが、心が爽やかではないことは明らかである。

心に染み入る短歌とは何なのか。詠み人の個性が生きている歌だと私は思う。例えば、ヒップホップミュージック（hip hop music）は、ボーカリストが曲のビート（beat：一定間隔で繰り返される音）に合わせて、ラップ（リズミカルに言葉を発する歌唱法）する内容が決まる。今日の外出着を決めるとき、外出の目的に合わせて、アンダーウエアをワイシャツかポロシャツにするかによって、ズボンと上着、さらに言えば履物も決めやすい。さらに、今日の天気によって、さらに狭まる。このように、短歌の形式が詠み感覚を変えていく。それが面白さだと思う。形式があることで、自分の個性とその時の感情が決まってくる。これが短歌を詠むことのおもしろさであり、魅力なのかも知れない。

科学者は、知的好奇心の塊だ。自然界のさまざまな現象に魅了され、「もっと知りたい」という欲求に絶えず駆られている。知的好奇心に満ち溢れた研究者は、知識や情報の探求を止めることはない。知的好奇心の強い研究者は、自分の専門分野だけでなく、ほかの分野にも興味を持つ。なぜなら、自分が興味を抱いた研究課題のヒントがどこに転がっているか分からないからだ。科学者は、一般に「科学、とくに自然科学を研究する人」であり、分野を分けると、物理学、化学、生物学、地学のいずれかの分野で研究をしている。そして、新たな知見が得られれば、その研究成果を論文にまとめ、学会や学術誌で発表している。多くの学者は大学と大学院、あるいは大学付設の研究所のほか、民間の研究機関に勤務して、研究を続けている。

科学は「論理的で実証可能な学問」である。一方、研究課題を設定して、それに取り組む人たちを研究者と言い、事前にどこまでわかっているのかを下調べして命題の真理を明らかにしてゆく。当然ながら、学問の世界には、科学のほか、経済学、社会学、歴史学者、文学など、幅広い分野の研究がある。それぞれの分野における問題点と現象をあらゆる角度から理解するために、貪欲なまでの知好心を持ち、真実を明らかにするために、人類がまだまだ学ぶべきことはたくさんある。チャールズ・ダーウィンは進化論につながる研究を二十二歳で開始したが、彼は基礎的な観察をいくつか終えるだけでは満足できず、さらに数十年間を費やし、さまざまな種の進化の過程に関するあらゆる知識を得ることができたのだ。最先端研究に尽力する科学者が、千年を超えて続いてきた小さな詩に自らの想いを馳せるとき、その言葉は不思議な輝きを放つであろう。

詠み人が、夜空を見上げながら想いを馳せる和歌のなかに、「わたつみの　豊

旗雲に　入日さし　今夜の月夜　さやけかりこそ」が詠まれている。この和歌の詠み手は天智天皇である。意訳すると、「海原の上にたなびく雲に夕日がさしている。今夜の月は清らかだろう」となる。さらに、紀貫之が赴任先の土佐から京の都へ船で帰る際に詠んだ「照る月の　流るる見れば　天の川　いづるみなとは海にざりける」は『土佐日記』に収載されている。この歌は「流れるように海に沈んでゆく月を見ると、天の川の流れ出す先は海であろう」と私は解釈する。

短歌と言うからには「長歌」もあると思って調べてみた。やはりある。「ながうた」とも言う長歌は五・七調を繰り返して連ね、終末の音を「七・七」と結ぶ。普通はその後に反歌を伴う。古代の歌の一つが「旋頭歌」である。「五・七・七・五・七・七で始まり、そのあとに短歌（五・七・五・七・七）が添えられる。でき上った長歌の末尾に添えられた短歌を「反歌」と呼ぶ。終末の音を「七七」とする。普通はその後に反歌を伴うが、五・七にならないものを含めて、万葉集に二六二首が収載されている。長歌は柿本人麻呂によって完成されたが、平安時代が終わるとに衰退してしまった。

詩の意味が通るだけでは文学作品とは言わない。新しい表現方法を開発することが必要だ。文学としての価値を見出すためには気分や雰囲気だけで終わってはいけない。人間と自然、さらには社会を掘り下げて詠むことを著宣すべきである。歌人の馬場あき子さんは、創作されたもう一歩、創作された具象が伴っていないと作者の個人的嘆きに終わってしまい、読者の心に強く響かないと語っている。別の歌人は和歌を創作するにあたって、作者と読者の共有する歌であって欲しいと願っている。

さらに感じることは、文語体で詠むと歌に重みや力強さを付与する効果があるが、口語体で詠んだ和歌は会話や気持ちをそのままに詠めるので、文語体に比べると柔らかい表現ができる。どうも、短歌は必ずしも出来事を正直に書く必要はなく、脚色することでドラマ性のある短歌になるようだ。

さらなる好奇心から、恋愛について詠った和歌がどれほど多いか知りたいと、古今和歌集を調べてみた。その結果、「おもひつつ　寝ればや人の　見えつらむ　夢と知りせば　覚めざらましを」という和歌を見つけた。この短歌は平安時代の絶世の美女と言われる小野小町が詠んだ。ところが、どうも恋を詠った「俳句」は少ないと感じた。その理由を自分なりに考えてみた。多分、平安時代は好きな相手に逢うことがままならなかった時代で、自分の想いを伝えたり、教養を示すために詠った和歌を贈るしか手段がなかった。だから、恋の和歌は平安時代によく詠まれたのだが、「俳句」が確立した明治時代以後は、自由に会うことができる世の中に変わったので、恋愛俳句は少ないのかも知れない。

　歌人は一首の短歌を詠むために、半年ぐらい推敲（すいこう）作業を重ねることもあるらしい。歌人が悩みに悩んで作品を絞り出すこともある。ところが、最近、ＡＩ技術が高度化し、ＡＩで短歌が創作できる。ＡＩとは、Artificial Intelligence（人工知能）の略で、人間の知的能力を模倣する技術を指す。実際、俵万智さんがＡＩによる短歌創りに挑戦したと言う。命題として「実感のないこと歌になりづらし」をパソコンに入力すると、ＡＩは《実感の　ないこと歌になりづらし　われに歌ありと　うしろ姿に》とか、《実感の　ないこと歌に　なりづらし　喝采を　受けずにはいられない》などと幾首も詠んでくれたとのことだ。人間がある詩を文学として感じられるのは、表現に人間的で有機的な感情の痕跡が感じられるときだけである。ＡＩが感情を持ちうる否かはわからないが、まるで感情があるかのように人間に錯覚させることは上手になってきている。感情を持たない機器にもかかわらず、人間によって書かれていると仮定すれば、生成された短歌を読む行為が、ＡＩ文学の魅力になってゆくのかも知れない。ＡＩ

が生成した短歌を事前にＡＩが書いたという知識を与えること無しに文学作品とすることは歓迎されないだろう。最近、自身が短歌を詠むことに挑戦すると、言葉の使い方の整理だけでなく、心の整理もできると感じている。特に不安や心配が高まっているとき、短歌を作ると頭も心もスッキリしてくる。複雑だった自分の感情と向き合い、私は一体何を言いたいのか、何を望んでいるのかを考える時間ができる。

ChatGPTは、アメリカのＡＩ研究所であるオープンＡＩが開発した会話型ＡＩサービスで、使い方は簡単。ユーザーはChatGPTのサイトで質問したいことをテキストで入力すると、それに対しての回答を数秒程度で返してくれる。さまざまな言語に対応しており、英語だけでなく、フランス語、ドイツ語、中国語、日本語などで質問して回答を得ることも可能のようだ。すなわち、ChatGPTとは高度なＡＩ技術によって、人間のように自然な会話ができるＡＩチャットサービスである。無料で利用できるというので、私も短歌の創作にこのサービスを利用させてもらった。私が使ったときには、ＡＩと話をするのはすべて英語であった。したがって質問を英語で行い、和歌を詠む素材はまず日本語で考え、それを英語に翻訳した。

散歩の途中で見たタンポポが咲き誇っている
Dandelion I saw on the walk were full bloom.

In spring's soft embrace,
Dandelions dance freely,
Whispers of sunlight.

春の柔らかな抱擁の中で、
タンポポは自由に踊り、
陽光のささやき。

やわらかな　ひかりのなかで　たんぽぽは
自由に踊り　抱擁してる

散歩の途中で見たタンポポがさきほこっていることを短歌にしようと挑戦した。最終的にＡＩが詠んだ短歌が「やわらかな　ひかりのなかで　たんぽぽは自由に踊り　抱擁してる」。いかがですか？

世界のさまざまな国で環境問題（気候変動）・貧困・紛争・人権問題・新型コロナウイルス感染症など、多くの課題に直面している。このままでは安定してこの世界で暮らしていけることが困難になっていくのではないのか。

SDGsとは「持続可能な開発目標」。簡単に言うと「世界中にある環境問題・差別・貧困・人権問題といった課題を、世界のみんなで二〇三〇年までに解決していこう」という計画・目標のことだ。「持続可能な」という部分は、「人間の活動が自然環境に悪影響を与えず、その活動を維持できることを意味している。SDGs（Sustainable Development Goals：持続可能な開発目標）は、「誰一人取り残さない（leave no one behind）」持続可能な社会の実現を目指す世界共通の目標である。全部で十七の目標を定めており、そのなかに、「あらゆる年齢の全ての人々の健康的な生活を確保し、福祉を促進する。」とか、「全ての人に包摂的かつ公正な質の高い教育を確保し、生涯学習の機会を促進する。」などがある。

和歌山市が進めているSDGsプロジェクトがある。「和歌の浦SDGs」である。和歌の浦地区特有の歴史・文化・景観・環境に基づいた、市民プライドにつながる持続可能なまちづくりをめざすものだと言う。一三〇〇年前に和歌の浦を訪れた聖武天皇が、この美しく豊かな環境を守るよう詔を発したことから和歌の浦の環境保全活動は始まった。過去から学び、未来への責任を感じるとともに、すべての人々が価値観を共有し、実践する。和歌の聖地である和歌の浦一三〇〇年記念大祭を二〇二四年秋に迎える。和歌の浦SDGsが、その契機となることを目指している。和歌の浦は、和歌山市南部と海南市北部に位置する和歌浦湾をとり巻く景勝地。緑豊かな山並みと大海原に抱かれた絶景の宝庫だ。「若の浦」を訪れた聖武天皇が、玉のように美しく島々が連なる眺望に感動して詔して、この風景を末永く保全するよう命じた。歌人の山部赤人が、和歌の浦の情景を讃えて詠んだ和歌は、広く知られている。紀貫之が山部赤人の歌を、『古今和歌集』に収載したことから、和歌の聖地として崇められ、やがて「和歌の浦」と呼ばれるようになった。和歌の浦には夏目漱石など文人墨客も来遊している。琴の浦には温山荘園が築かれ、皇族や大臣も訪れた。

そして現代、四百年の伝統を誇る和歌祭は、江戸幕府を開いた徳川家康を祀る紀州東照宮の例祭で、太鼓や雑賀踊り、薙刀振りなどの渡御行列が東照宮を出発して和歌浦地区まで進んでいく。和歌山で行われる祭礼のなかで最も規模が大きく、千人ほどの大行列が和歌山の五月に彩を与えて賑やかにする。最近は、環境保全活動のほか、万葉歌の勉強会などもこの地で行われているという。ちなみに、「和歌山」という県名の由来については諸説あるが、昔から和歌浦の名が最も知られていたので、その名が採用されたという説が有力である。

最後に一言。広島大学霞キャンパスには医療系の学部が集まっている。私は昔からクラシック音楽が好きだったので、同じ思いを持つ学生の力を借りて、このキャンパス内に霞管弦楽団を設置した。「クラシックは堅苦しいイメージもあるかも知れないけれど、本来、音楽は感情を表現するものであり、コミュニケーションを取るのに向いている。和歌を詠むのと同じく音楽は一部の人のためのものではなく、誰に対しても開かれているものである。短歌のほか、俳句や川柳を詠むことを通じて、仲間とのコミュニケーションを大切にしてゆきたい。

天才と呼ばれる科学者は、先人の知の積み重ねの上に立っているにもかかわらず、旺盛な好奇心と強い意思と集中力を持ち、既成概念にとらわれない姿勢で画期的な発想を生み出し、科学史上に名を残す偉大な業績、すなわちイノベーションを達成してきた。

マリー・キュリー博士は戦い続けた女性研究者であった。ポロニウムとラジウムという元素を発見した。放射性元素と呼ばれる、新たな元素が人類の手に渡った瞬間だ。女性研究者の偉業を、当時のメディアは「世紀の大発見」と称賛した。

ここから原子核物理学が始まった。そして一九〇三年、キュリー夫妻は放射能発見の業績により、ノーベル物理学賞を受賞する。パリ大学で女性が教授になったのは彼女が初であったが、放射能の研究を続けていった。

このように、フランスで活躍したが、ポーランド人で、かつ、女性であることから不当な差別を受け、ノーベル物理学賞を受賞していたにもかかわらずフランス科学アカデミーの会員に落選した。のちに個人的なスキャンダルで騒がれたが、ノーベル化学賞も受賞するなど、劇的な逆転もあった。戦い続けるエネルギーの源がどこにあったのか、とにかくすごい人だった。

一方、湯浅年子という日本人の物理学者がいたが一九八〇年にパリで亡くなった。彼女は大学卒業後、マリー・キュリーの娘の夫であるジョリオ・キュリーの論文を読んだのがきっかけでフランスに行き、後にフランス国立中央科学研究所の主任研究員になった。定年後はここの名誉研究員になり、日本の紫綬褒章を受章するなど、業績が高く評価されている。

これからますます「考える力」が重視される。丸暗記の勉強ばかりしていたり、指示待ちばかりしていたりでは、考える力は育たない。これからは自らの課題意識や興味を切っ掛けとして「考えるプロセス」を重視する探究型教育が求められる。そういう意味で和歌創作は考える力をつけることに貢献できる。

ＡＩはこれまでに得られた膨大なデータをも、どしどし学習する。ＡＩがする将棋はとても強いが、楽しんだり悔しがったりはしない。一方、棋士は周囲の期待を背負いつつ、自らを賭けて、総合的な意識を持って将棋をさしていく。楽器を演奏する音楽家も同様で、心を突き動かすような情感を演奏技術によって聴く人を楽しませる。しかし、意識のないＡＩにはその感情がない。人間には倫理的、あるいは感情的なモチベーションがある。幸福になりたいとか、家族や友人を幸せにしたい、あるいは職場を良い状況にしていきたいなどの想いやそのような考え方は「意識」から出てくるので、そこが大きな違いである。

物理学者である寺田寅彦が指摘した科学者としての「直観力」を養うためにも、じっくり考えることができる時間と環境をつくることが重要だと改めて認識した。和歌は人の「考え方や感じ方」が言葉になって表現されたものである。四季を詠う和歌であったなら、作者の感情や季節を感じさせる四季折々の風景に託して、より深く表せる。和歌は言語化しがたい感覚を、対人性・社会性に広げる起点ともなるし、和歌を詠むことで、自身の心のなかにある感じ方や考え方などの「言語化しがたい感覚」を表現することができる。和歌には詠まれた時代によって、特徴のある表現が認められる。

「科学者と　藝術家とで　似た点は　好奇心で　溢れんばかり」、および「パラダイム　科学哲学　用語なり　新発見で　常識変える」と詠んで筆を置く。

引用文献・参考図書

科学と文学　寺田寅彦　角川ソフィア文庫　二〇二二年
寺田寅彦随筆集　第五巻　岩波文庫　一九六三年
サラダ記念日　俵万智　河出書房新社　一九八七年
あなたと読む恋の歌百首　俵万智　文藝春秋　二〇〇五年（二〇一八年、第四刷）
パラダイムとは何か　野家啓一　講談社学術文庫　二〇〇八年
百人一首（全）　谷知子　編　角川ソフィア文庫　二〇一〇年（平成22年）
源氏物語を読む　谷和子　岩波新書　二〇二一年
古今和歌集　渡部泰明　NHKテキスト二〇二三年十一月
シャンソンの四季　フランス文化断章・空想の講演集　三木原浩史　彩流社　一九九四年
The invention of the sonnet, and other studies in Italian literature　Ernest Hatch Wilkins, (Rome: Edizioni di Storia e letteratura, 1959), 11-39
人生の目的　五木寛之　幻冬舎文庫　二〇〇〇年
立原道造詩集　角川春樹文庫　二〇〇三年
斎藤茂吉全集（新版）　岩波書店　一九七三年―一九七五年
九鬼周造全集（第四巻）　岩波書店　一九八一年

解説

著者は醗酵工学を専攻し、放線菌などの分子生物学に興味を持ってきた。その分野において、特に植物に由来する乳酸菌に関する代表的な研究者であり、現在は健康長寿を完うできるよう、未病・予防医科学に取り組んでおられる。その研究の傍ら、ご尊父にならい、この著作で一貫して流れる「あれこれ好奇心」で、自然科学と全く無縁な短歌に取り組むことになった。世間の一般常識では、科学と文学との両立は難しいと思われがちであるが、寺田寅彦、中谷宇吉郎、湯川秀樹などの科学者が随筆などの文学に優れた作品を残している。自然現象を的確に捉える力だけでなく、バランスのとれた感性による文章が、読者を惹きつけるものではなかろうか。ドイツでは音の専門家を育成するために「トーンマイスターコース」と呼ぶ教育システムが第二次大戦後の音楽大学や芸術大学に設立された。音楽の理解と創造性などの芸術的部分と優れた聴覚や音響工学などの技術的部分、双方を備えた総合力が真の音楽をもたらすものと考え、イギリス、フランス、オーストリアなど欧州各地で同様の教育が実施されている。この「トーンマイスター」は音楽に限ったことでなく、一つの専門領域にとらわれることなく、他の専門領域にも踏み込むことである。すなわち「一芸に秀でるものは多芸に通ず」という諺にある通り、例え理系が専門であっても、経済学や文学に造詣が深ければ、より広い視野でものを捉えられ、その人のスケールの大きさ、奥深さにつながるものと考える。すなわち「トーンマイスター」の意識で、専門外の分野も見極めようとする人ほど、大きな成果をもたらす、バランスの取れた人材であることが多い。「あれこれ好奇心」は本書の大事なキーワードになる。その意味で、自分の専門分野でしっかり実績を残しながら、全く異分野である短歌へ取り組む著者のチャレンジ精神には敬服するのみである。この著作でただ驚いたのは、単なる自作の歌を披露するだけでなく、古代から現代まで和歌の歴史を紐解き、科学者の目から独自の短歌に対する思いが述べられていることである。専門分野で磨かれた観察力に加えて、好奇心の赴くままに調べた結果であり、多分本人は楽しみながら調査を進めたものではないだろうか。遣隋使や遣唐使が持ち帰った中国文化をもとに生まれた漢詩集「懐風藻」を踏み台に、平安時代には倭歌（和歌）が誕生、和歌の原点である「万葉集」が生まれた。定型詩である短歌や俳句が生まれた時代背景も興味深いものがある。文中には前後して、幾多の歌人を紹介しているが、初めて知ることも多く参考になった。「区切れ」、「句またがり」などの技法は今後詩の鑑賞に多いに参考にしたい。私が幼い頃から、よく口ずさんだ童謡においては、島崎藤村作詞の「椰子の実」が五七調であり、瀧廉太郎が作曲した、土井晩翠作詞の「荒城の月」、同じく武島羽衣作詞の「花」が七五調であるのはなるほどと思った次第である。いずれにしても名曲であり、当然ながら、唄には縁遠い私でさえ素直なリズムで口ずさむことができる。五七調或いは七五調のリズム感がそれぞれの語句の深い意味合いと併せることによって、また短歌鑑賞の道筋が開けるものと感じている。この書の中に寄せられた短歌や俳句には著者が大事に想うご両親や奥様の作品も分け隔てなく、載せられている。これも著者の深い愛情が成せるものであろう。百四十首にも及ぶ句には、愛情溢れる家族を想う句や、幼少の頃の思い出そして遠い昔のパリでの思い出などノスタルジーを誘う句、さらには現在の研究生活を余すところなく詠んだ句など、一句、一句詠んだその時の著者の心境を思いやるのは興味が尽きない。職場へ自転車通勤しながらも浮かんだ言葉を丁寧にメモを取る習慣、いや執念がこの大きな成果に結びついたと推測する。ぜひ今後も地道に続けて欲しい。今回この解説を引き受けるにあたって、あまりに専門外でもあり、とんでもないことだと固辞するばかりであったが、著者から「何か生きた証を残しませんか」との言葉をいただき、無知かつ無謀な試みに挑戦することになった。私自身はもともと技術者である父親の影響を受けて、ただあまり考えもせず理系のコースを選んでいた。だが、本を読むのが大好きで、高校時代には試験勉強そっちのけで先ほど挙げた寺田寅彦などの随筆集を図書館で読み漁ったものである。然しそうは言っても、短歌とは遥かに縁遠く、中学・高校時代に習った石川啄木や若山牧水ぐらいが思い浮かぶだけである。それでも記憶に残る「五・七・五・七・七」三十一文字の句を口ずさむと、その音感や語句がもたらす風景や状況がくっきり思い出すことができる。今回の解説を通じて、短い語句がもたらす生き生きとした自然や奥深い歌人の心境を見つめ直す面白さが判ってきた。そういう訳で、不肖ながら、短歌を詠むまねごとをしてみると、五七調で表現する語彙の乏しさに思い知らされ、ついつい指折り数えながら作ってしまう。短い語句の中に、季節感や風景、感情等をうまく切り取ることができれば最高であるが、自分の思い込みだけでは単なる自己満足に終わってしまいかねない。やはり、短歌や俳句などは短い文章のなかに如何にして広い世界を取り入れるか、季語や豊かな語彙を習得する必要がある。その学びは長い人生の余禄として考えれば、また新しい楽しみが生まれるのではと感じた。私自身、今年六月傘寿を迎える。〝六十の手習い〟ならぬ〝八十の手習い〟でトライするも新たな楽しみになるのではと考える。「指折りて　三十一文字に想い込め　喜寿にて逝きし　友をねぎらう」、「友逝きて　君の分もと　語りかけ「オゥ」と応える　空耳悲し」「久しぶり　幼馴染と　呑む酒は　狭き場所でも　ひときわ旨し〟、「認知度は　人それぞれと　いうけれど　妻はまだしも　我は危（あや）うし」、これは吉村の創作短歌四首である。

著者が進める未病・予防医学は近来益々加速しながら発展している。お陰様で人生百二十年時代はすぐそこまで来ている。改めて健康長寿を謳歌しながら、私にとって短歌という未知の分野に迷い込み、挑戦するのもありではないだろうか。

旭興産株式会社グループ　シニア・アドバイザー　兼
広島大学　未病・予防医科学共創研究所　客員教授
吉村　俊介

【著者】

杉山　政則（すぎやま　まさのり）

略　歴

1976年　広島大学　大学院修士課程（醗酵工学専攻）修了
1976年　広島大学工学部（醗酵工学科）助手
1983年　工学博士（広島大学）
1988年　パリ・パストゥール研究所　バイオテクノロジー部門　研究員
　　　　（日仏科学協力事業における交換研究者）
1992年　広島大学医学部（総合薬学科）教授
2002年　広島大学大学院　医歯薬学総合研究科教授（改組）
2012年　薬学部長
2013年　広島大学薬学部附属薬用植物園長（併任）
2016年３月31日　薬学部長および薬学部教授を定年退任
2016年４月１日　広島大学名誉教授　拝命

以下、定年後の職務
2016年４月　広島大学大学院　医系科学研究科
　　　　　　未病・予防医学共同研究講座　教授就任
2019年　広島大学　未病・予防医科学共創研究所長　兼任　現在に至る

受賞歴

1990年　日本醗酵工学会（現在　日本生物工学会に改名）　齋藤賞
2005年　技術移転功労賞（中国地域産学官コラボレーションセンター）
2005年　広島大学　学長表彰
2008年　文部科学大臣表彰　科学技術賞「技術部門」
2008年　ひろしまベンチャー育成賞・金賞
　　　　（財団法人ひろしまベンチャー育成基金）
2011年　The 14th John M. Kinney Award for General Nutrition
2013年　日本放線菌学会　学会賞
2014年　文部科学大臣表彰　科学技術賞「理解増進部門」
2014年　第71回　中国文化賞
2019年　第８回　ものづくり日本大賞　中国経済産業局長賞

科学者があれこれ好奇心で和歌をよむ

令和６（2024）年12月10日　初版第一刷発行

著　者　杉山　政則

発行所　株式会社　溪水社

広島市中区小町1-4（〒730-0041）

電話 082-246-7909　FAX 082-246-7876

Eメール：contact@keisui.co.jp

ISBN978-4-863327-662-8　C0095